浮浪人

小小 —— 著

重庆出版集团 重庆出版社

图书在版编目（CIP）数据

小小浮浪人 / 小小著. — 重庆：重庆出版社，2024.5
ISBN 978-7-229-18486-5

Ⅰ.①小… Ⅱ.①小… Ⅲ.①传记小说—中国—当代 Ⅳ.①I247.5

中国国家版本馆CIP数据核字(2024)第044754号

小小浮浪人
XIAOXIAO FULANG REN
小小 著

出　品：	华章同人
出版监制：	徐宪江　连　果
责任编辑：	朱　姝
特约编辑：	陈　汐
营销编辑：	史青苗　刘晓艳　冯思佳
责任校对：	王晓芹
责任印制：	梁善池
装帧设计：	L&C Studio

重庆出版集团
重庆出版社　出版
（重庆市南岸区南滨路162号1幢）
三河市嘉科万达彩色印刷有限公司　印刷
重庆出版集团图书发行有限公司　发行
邮购电话：010-85869375
全国新华书店经销

开本：800mm×1150mm　1/32　印张：9.75　字数：164千
2024年5月第1版　2024年8月第3次印刷
定价：52.00元

如有印装质量问题，请致电023-61520678

版权所有，侵权必究

目 录

第一部分　骆驼

出生	2
漂泊	6
继母	13
校园	24
亲戚	35
父亲	49
死亡	65
你当	76
傻子	94
疯子	99
骆驼	104

第二部分　狮子

"妈"	110
成年	121

点燃	127
江湖儿女	138
爱情	148
坚持	154
跳跃	179
南下	190
我要	202
狮子	213

第三部分　赤子

自卑	218
转变	226
金钱	240
创业	248
攀登	256
后退	269
扩张	276
赤子	293

致谢　　　　　　　　　　303

第一部分

骆驼

有担当的精神将这一切重荷都背负起来,

向它的荒漠疾行而去,

就像满载重物的骆驼,疾步迈向沙漠。

——

弗里德里希·尼采《查拉图斯特拉如是说》

出 生

每个人都会有一个生母,这可能是我和其他孩子少有的共同点之一。很多人对母亲的记忆是具体的,或爱或恨,会有鲜明的面孔。而我,连生母的姓名都不知道。这个在我出生时仿佛就已经死去的女人,像幽灵一样在我脑海中游荡了二十多年。

我出生在张家口市康保县的一个荒凉的穷山沟。康保县在2020年曾被新闻媒体称为"贫中之贫"。那里的土地是贫瘠的,连草都很难长出来。幼时,我听过这样一句歌谣来描述那儿的穷:"舅娘舅娘你莫愁,不吃你的饭,不喝你的酒,当天来了当天走……"穷人总要挣扎着生存下去,生活在那儿的人是彪悍的。听我大爷讲,他小时候,做生意的人路过张家口都不敢久留,因为太穷了,穷得让人看了害怕。

年轻人在大城市打工,留下来的都是不想折腾的老人,他们只能养牛养羊,所以村里的路上到处都是牛粪和羊粪。牛粪还好,人们会回收当柴火用来烧炕,它们很扛烧。但羊粪蛋就没什么价值了,它们散落在村里各处。有时候我会在路上数羊粪蛋玩儿,或者把它们按照大小排列整齐。我也经常坐在墙根底下发呆,和村里的老头老太太们一样,晒着太阳,消磨时间。

大人们下地干活的时候,我偶尔也会跟去,当时身边都有谁我已经记不起来了,只记得黄土地被炙热的太阳烤着,妇女们都戴着头巾,拿着镰刀。我就在田地里踩着土,四处去找一种叫作"酸溜溜"的植物,那是当地农村特有的野果,吃到嘴里酸甜酸甜的,很可口。我没有见过我的爷爷,他去世很早。而奶奶,我记得她的脸上刻满了岁月的痕迹,就像被太阳烤过的土地,黝黑黝黑的。她向我走过来的样子,很像一团缓缓移动的影子。

关于姥姥和姥爷,我有一些碎片式的记忆。他们是内蒙古人,生活在距离我们村不远的内蒙古的村子。姥爷是个大舌头,吃饭的时候总是吧唧吧唧的;姥姥高高瘦瘦的,精气神儿很好。有一次,我跟他们要钱,说我要买作业本,但是拿到钱之后我去买了一包糖。回去的时候正好赶上吃饭，姥姥问我本子买了没有，我说买糖了。她并没有说什么苛责的话，我自己倒莫名其妙开始赌气，坐在炕的一角，窝成一团不说话，也不吃饭。他们无可奈何地看着我，拿我一丁点儿办法都没有。我还跟着堂哥在没盖好的房子里拿硬纸壳搭屋子；一起在下雪的冬天，坐着铁锨、扶着把手、就着雪，从很高的坡上一出溜滑下来，栽进雪里；我还跟着他们一起偷过地里的玉米和豆角……所有这些画面里，都没有生母的面孔。

农村的夜晚伸手不见五指。有一次我睡觉起来，发现屋里屋外一个人都没有，顿时吓坏了。小时候的我总认为"鬼"就在身边，像风一样看不见摸不着，却能让人感觉到寒气在呼呼地吹着。这导致我直到现在都很怕黑。

我应该没有在这个叫作家乡的地方停留太久，可能去上过一两天的学，背着一个比我还大的书包，留下了一丁点儿的记忆。有一次父亲在家门口的小板凳上坐着，笑眯眯地看着我从大门外向他走来，然后亲切地抱住我问：

"今天在学校学什么了？"

"就写了一个字。"

我把作业本拿出来给他看，田字格本的第一页第一行只写了一个字："我"。那应该是我人生中学会的第一个字，甚至早于我的名字。可这个字所包含的意义，我走了将近三十年才懂。

父亲很少提生母,所以我并不知道他们的婚姻怎么结成又如何终结。我唯一有印象的是他们打的一场架。父亲当时在北京打工,母亲曾短暂地独自在家带过我。父亲回来的时候碰见另一个男人也在。那男人跑了,父亲和母亲却从屋子里、院子里一直打到村里的路上。父亲手里提着一把菜刀,几乎把母亲的厚底塑料拖鞋砍断。周围的邻居们在尖叫。我看着这些大人的下巴,灵魂就像出了窍。他们打架的时候,面目变得狰狞。我觉得恐惧,地上的母亲,我看不清她的脸,也听不到她的哭声。那个被愤怒填满的场景在我的记忆中只留下了那双似断非断的拖鞋。对那时的我来说,这是一场战争,我不是主角,却是被牵连最深的人。从此我的人生转了向。

之后,父亲把我带到北京。听说他和生母很快就办理了离婚手续。我隐约听到亲戚们在讨论:

"不要让她见到孩子。"

我不知道离婚是谁先提出的,会是父亲吗?因为他的自尊心被深深地刺伤?还是生母已经对这段婚姻,或者对我,都没有了丝毫眷恋,所以毅然决然地离开?父亲把我带到北京是因为他爱我,想留住我,还是想借此让生母妥协,放弃离婚?这些都没有答案,因为这两个人都已经在我的生命中消失了。

漂 泊

我人生最早的那部分清晰的记忆,就是随打工的父亲在北京丰台西道口度过的日子,那附近就是历史遗迹宛平城①和卢沟桥。我们当时住在一个小山坡对面,坡上有几条铁轨。每天,我都会听到火车来去的哐哐声。由于位置偏僻,周围除了我们村里的打工人,似乎没有别的人。但是,老鼠这个物种却顽强地留在那里,生存了下来。它们如入无人之境,在屋里屋外到处乱跑,上蹿下跳,仿佛把人类当作它们的饲养员,个个长得肥头大耳比我还胖。

父亲带着我租了一间小房子,里面有一张炕、一个灶台和一只从上面开门的柜子,这就是所有的家具。我们隔

---

① 宛平城,又称宛平县城,位于北京市丰台区,与卢沟桥相距百余米,是一座桥头堡,始建于1640年(明崇祯十三年),是明清两代军事专用的卫城。1928年改称"宛平城"。

壁住着我堂姐和大爷一家子。那时候，院子里住的都是同村的人，做的也是同一桩生意。那会儿北京有很多房子在拆迁，他们专门去捡拆房子剩下的砖瓦片，把多余的水泥刮干净，再拿去卖钱。我当时虽然小，但懂得心疼父亲。

我知道他很累。他每天早出晚归，头发上、睫毛上、脸上都是土，衣服上也布满灰尘，所以我总是尽量把家里的事料理好，当时我可能只有六七岁，我们住的房子距离打水的地方大概有几百米，又瘦又矮的我，硬是可以拎着汽油桶那么大的一大桶水到家，然后生火、烧炕、烧热水，这样他回家之后就可以休息了。因为没有自来水，打水的地方又远，所以大家很少洗头洗澡，我那会儿总是留着短头发，这样方便。

我们的厕所就是公共的旱厕，中间一道坑，没有冲水的地方，里面有很多白色的虫子。卫生纸更是奢侈品。有时候我跟着父亲去工地，想拉屎了就随便找个墙角解决，然后用石头或者树叶擦屁股。便后洗手是不可能的，我甚至都不知道平时要洗脸。

刚上小学的时候，有次上课，我趴在课桌上玩儿，同桌侯露扒拉我的头发，帮我捉虱子，虱子被挤死的啪啪啪的声音和她手指按压我头皮的感觉到现在仍然很清晰。老师看见了我们的奇怪行为，便向我们走过来：

"你们干吗呢？"

侯露说："老师,她头上有很多虱子。"

老师走近,低头看了一眼我的脑袋后,对我说了一句:"你快回去找家里人给你洗洗!"我很听话,立马就从座位上起身往家里走。我丝毫没有觉得窘迫或者不好意思,反而有一种恶作剧般的快感,觉得很好玩儿,因为吓到了老师。回到家之后邻居问我:"你不上学,回来干吗?"我如实说:"我头上有虱子。"邻居便给我打了一盆水,让我洗了头。

不上学的时候我就到处疯玩儿。手头拮据的父亲对我却很大方,每天都给我五块到十块不等的零钱让我买吃的、玩儿的,我的日子滋润得很。我听说,非常有钱的父母会习惯靠给钱来疼爱和教育孩子,而对于知识和金钱都极端匮乏的父亲来说,这也许是他能表达的最"昂贵"的爱。

那个时期我很自由,没有朋友,只有半个父母,每天都去家对面的山坡上摘红枣吃,也会沿着铁道跑很远以探索未知,反正顺着铁轨我总能回到家。有时候,我干脆就在大街上游荡,看来往的每个人、每辆车。我很好奇,那些开车的人和我们这些赶马车的人,到底有什么不同。

因为这种好奇心,我也遇到过危险。以前在老家,我爬房顶掏麻雀,从房顶上摔了下来,脸着地,直到现在,我的锁骨还有一块是凸起来的。还有一次,父亲在废墟中捡砖,我在周围瞎溜达,遇到三只小流浪狗,它们把我逼到墙角,冲我疯狂地叫,吓得我心脏都要跳出来了。大部分时间,我都是一个人,没有伙伴。因为其他务工者的孩子通常都要帮家里做饭、看孩子,能干活的才会被父母带在身边,不能干活的就被留在老家了。像父亲这样一个人打工还带着小孩的,很少。

那时,邻居家有个二十岁左右的大哥哥,他偶尔会和我一起玩儿。有一次我站在炕上,他站在下面准备背我,结果他把手伸进了我的短裤里,摸了我的屁股。那种感觉我至今还记得,是一种怪异的、不正常的感觉,我当时无法表达,但出于自我保护的本能,我记住了,后来再也没有和他单独待在同一个空间里。这件事我没有告诉过任何人,也不知道该和谁说,事后我也很快忘记了。成年后,儿时的记忆慢慢涌现,当我开始有意识地整理往事时,才发现好像也没有说的必要了。

整个童年时期,据堂姐说,我一直是一个非常倔的孩子,牛脾气,虽然长得面黄肌瘦,但是心气高,谁的话都不听,天王老子来了都不管用。她有时候会让我帮忙看小侄女(堂哥的女儿),小侄女也很喜欢我,看见我就哭着喊"姑姑,姑姑",想让我带着她一起玩儿。但是,我一看到小侄女就跑得没影儿了,连堂姐叫我吃饭,我都不应,因为我怕她让我看孩子。

有一次,父亲夜不归宿,可能是外面有女人。夜深了,隔壁大爷担心我一个人在家不安全，半夜过来找我，劝我过去和他们一起睡。说来说去，我就是不肯，最后大爷没办法，和我一起睡在我家的炕上了。我隐约觉得，如果我离开了，父亲可能就再也不回来了，或者，我离开家对他是一种背叛。表面上看，这是一种固执，但其实是因为害怕。

周边的人都说我是个"疯丫头"，有种让人羡慕的不管不顾，还有种不知哪来的倔强和倨傲。我想，可能是来自父亲虽若隐若现却朴实厚重的爱。我们的日子虽然清贫，但我过生日的时候，父亲会给我买一份两块五毛钱的炸鸡排，那是我吃过的最好吃的炸鸡排。而我买了什么好吃的，也总是给父亲吃第一口。很多小孩跟妈妈一起睡觉时都喜欢摸着妈妈的乳房，可我从来没有过那种体验，也可能是我不记得了，本能地，我会摸着我爸的奶头睡得特别香。

他对我很包容。有一次他干活拿到的工资是二百块钱的硬币，他把硬币放在了柜子里最深的角落，上面盖着很多衣服和杂物，但还是被我发现了，于是我每天都偷几枚出去挥霍，在学校外面买最贵的零食，买好玩儿的玩具。直到硬币越来越少，我开始慌了。有一次，我在家里明目张胆地吃零食，一回头正好看见他，我有一种做了坏事被抓现行的窘迫，嘴一抿，挤出个被抓包的笑容，他也跟着笑了。很久之后我从父亲的笑容中读懂了，他其实早就知道了。

有次我生病，发着烧躺在炕上，呕吐出的黄色液体洒了一地，父亲给我买了蓝瓶的补钙药，我嫌苦，偷偷地把药全倒掉了，还把药瓶藏了起来，我怕他发现我没吃药，可他一点都没注意到。他有时会带着我一起去工地干活。那里简直是我理想中的游乐园，有被推倒的墙、断掉的房梁、被砸碎的柜子，还有被丢弃的玩具和破破烂烂的衣物。我会在成堆的砖块里、在房子的残骸中四处寻宝，一枚玻璃珠、一只破洋娃娃、一个空盒子、一口布袋子，都是我的意外收获，都是我的宝藏，我会把它们带回家当玩具。

玩累了，我就去马车上躺着，父亲总会给我带个破褥子，铺在上面，这样就不会硌得慌。冬天下雪的时候，他就多拿一件军大衣，把我包起来。这是我和父亲心照不宣的默契，他不需要哄我开心，我一个人会玩儿得很好，把自己照顾得很好。回想那些时刻，可能是我童年时期能理解的父女之间最淳朴的感情。但父亲对我的爱其实是很粗糙、很沉默的。我们两个人生活在一起，好像都没怎么深入交流过。

我心里知道自己没妈，总觉得不如别人，所以自尊心特别强，容不得别人一丁点儿的冒犯。有一次，我和同桌——一个留着齐刘海的女孩——吵架，之后我就在桌子中间画了一条分界线，那会儿学校里流行这些东西。我对她说，你不能超过这条线，这边是我的地盘。有一次她的胳膊肘越过线一点点，我就很生气地跟她打了起来，其实我只是推了她一把,她就去找老师告状了。在班级演出活动上,班主任让我唱《小白菜》,我又生气了,在心里对着老师怒吼:"干吗让我唱这个?觉得我很命苦是吗?"

关于和父亲漂泊的日子,我只记得这些碎片,可能是因为身边的人、住的地方总在变化,很难在我大脑中形成一些反复冲刷、反复构建的记忆。那个时期的我其实挺快乐、挺自在的,跟父亲在一起,有吃有喝,平平淡淡地生活着,也不觉得自己在吃苦。似乎我从小就没有家庭教育这个概念,父亲也不会要求我干这个、学那个。我生病,他买了药,也不会管我吃没吃,我吐就吐吧,他还在别人家里打麻将。由于没有得到太多的关注,反而释放了我烂漫的天性,由着我慢慢探索和构建自己的性格。从某种意义上说,父亲对我做的最有意义的事情,就是什么都没做。

但是,这一切记忆和成长都被继母扭曲了。

继 母

继母，继母。多么简单的两个字，带有母亲意味的两个字，对我来说，却是噩梦的开始。

2003年，我大概八九岁，继母来了。我不知道生母的名字，可我永远都不会忘记继母的名字。她叫王凤玲。

我记得那天，我正在邻居家玩耍，亲戚家的表哥突然过来了，把我像小鸡一样拎起来，夹在腋下，带到一个陌生女人的面前，对我说："喊妈。"当时父亲也在，屋里站满了人，男男女女，好像这是该我表现的时刻，大家都满怀期待。我不懂"妈妈"这个词，从小到大没有用过，它的含义对我来说是空洞的，心里也就很抗拒，但我依然生硬地、面露笑容地、怯生生地喊出了：

"妈。"

那会儿我也曾在心里暗暗期许，我有妈妈了，我可以和她说很多悄悄话，我会像正常家庭的孩子一样了。在她来之前，我听到过一些闲言碎语。邻居们对我说，你爸要给你找个新妈了。虽然我很小，但也明白这里面的意思。父亲好像也问过我，找一个后妈我愿不愿意，我很懂事地说，可以，你就找吧。那会儿，我对"母亲"充满了幻想和期待。

王凤玲来自张家口的农村，离婚了，好像是因为前夫总打她。她一共生了三个孩子，最小的是个儿子，被前夫夺走了抚养权，在农村生活，很难与她见上一面，两个闺女则跟着她一起来到了北京生活。她提起小儿子时经常挂着心满意足的笑容："我儿子还那么小，但是上炕坐着前就知道先跪着给脚后跟儿弹一弹灰。"她和我父亲是经人介绍认识的，穷苦人相依为命，哪有什么感情，就是凑合着过日子。

王凤玲刚开始对我是非常友善的，她会摸着我的头对我笑，还会给我买新衣服。她的大女儿已经成年，在外面打工，很少回来。小女儿比我大一两岁，成了我的姐姐，和我们一起生活。我们似乎变成了一个完美的家庭，但把我排除在外后，他们就组成了一个牢固的三角形。

没过多久，在面对我的时候，王凤玲就变成了一个难以捉摸的女人。她开始有了很多副面孔，会突然冲我发怒，而我则变得做什么都不对。

有一次,我们吃完饭,继母出去串门了,看上去心情不错。我和二姐姐在家,于是我把电视打开想看动画片。这是个危险的动作,但我想着继母已经出门,应该没关系。结果,二姐姐突然跑出去,对着还没走远的继母大声喊道:

"她把电视打开了。"

我的心一下子就跳到了嗓子眼儿,我祈祷王凤玲不会折返回来。但我错了。她回来了,整张脸都耷拉着。我非常害怕,身体不由自主地开始哆嗦,可我脸上依旧笑嘻嘻的,还跑过去搂住她的腰,就好像一只不知道做错了什么的小狗,跑到主人面前摇尾乞怜。我以为,这样她应该会心软。但她很生硬地把我一把推开,浑身散发着怒气:

"谁让你开电视的?!"

几乎在同一时刻,一个巴掌重重地落在了我的脸上,我来不及反应,脸上只剩下火辣辣的疼。她把电视机关上,摔门而出。二姐姐此时不知去向,但我已无暇顾及,我的整个世界都在眩晕和燃烧。

我们当时租住着一个大院子中间的一间房,厕所在院子的另一端,继母她们在家的时候,我得空就喜欢去厕所待着,那儿让我觉得比家里更自在。我们的房间里有一张炕,一个上下床,一只摆放电视机的柜子,里面还放了一些衣物。房间外面是灶台,做饭就在外面。夏天不烧炕了,我们就用一只被砍成一截的汽油桶,在底部一侧挖出方形的洞,做成简易的灶台，上面架口锅。买菜、生火、做饭、洗衣服、缝被子都是我的活，也算练就了我的一身本领。

可王凤玲还是看不上我，她觉得我是个没妈教、没教养的野孩子。有一次吃饭，她和父亲、二姐姐坐在炕上，我坐在地上的小板凳上，我正在夹菜，头上突然重重地挨了一拳：

"你怎么夹菜呢？没教养！"继母恶狠狠地说。

菜没有被夹起来。我缩回手，低着头一粒一粒地夹着碗里的大米饭，眼泪一滴一滴掉进了碗里，也掉进了心里。直到现在，我夹菜都只会夹靠近自己的那一侧。

二姐姐和我在同一所学校读书，她学习成绩并不好，因此早早辍学去上了技校，应该是学文员一类的专业。我当时的学习成绩非常好，有时会把奖状拿回家，但继母好像见不得我成绩好，总是用打火机把我的奖状烧掉，留下一地灰烬还让我扫干净。我每天都在问自己，我为什么要活着？

他们白天不用出去干活的时候，我就坐在小板凳上，靠着床边写作业，继母会突然把我所有的作业本拿起来狠狠摔到地上，然后丢出一句："装什么装！"我呆坐在那里，看着散落在地上的作业本，不知道该怎么办。我是应该坐着不动，还是应该去把作业本捡起来？捡起来之后要把作业本放到哪里？我要继续写作业吗？还是应该立刻离开这个家？

她的这些让我无法理解的行为，对我的自尊是摧毁性的，我不知道该怎么面对自己，不知道该怎么走路，甚至不知道该怎么呼吸。空气中仿佛总有无数双眼睛在盯着我。我在家里时时刻刻提心吊胆，生怕他们会干完活突然回来，而我可能犯了连自己都不知道的错。我总是把家里收拾得一尘不染，用搓衣板把堆成山的脏衣服一件一件地洗干净，把柴火砍好……我做一切我能做到的事情。可是这些在王凤玲的眼里都是应该的，她甚至可能都没注意到。

日复一日地，我变得好像热锅上的蚂蚁，时时刻刻留意王凤玲的动静，生活在高度警觉中。她让我从一个天真烂漫的疯孩子变成了神经脆弱的胆小鬼，只有在晚上睡觉时，我才能把悬着的心放下来。我睡在上下床的下铺，父亲和王凤玲睡在炕上。我喜欢用厚厚的被子将自己从头到脚包裹起来，虽然快要窒息了，可那就是我的安全堡垒。有一次王凤玲开玩笑地说：

"睡觉跟包粽子似的。"

只有在被子包裹起来的世界里，我才可以放心地呼吸，放心地面对我自己。我会在脑海中一遍遍地和自己聊天，仿佛她是我的好朋友。对话的内容无非是："明天要早早起来去学校。""去那么早干啥呢？""可以先去学校附近的小公园荡秋千。"……想着想着，我会慢慢地睡着。

继母和父亲过的也都是苦日子，他们都是非常节省的人。我们在北京丰台租最便宜的平房，下雨的时候还得拿洗脸盆接水，房间的地面也总是坑坑洼洼的。吃完菜剩下的菜汤，父亲会习惯性地往里面倒一点热水，就变成了一碗汤。他抽两块钱一包的烟，身上也都是穿了很多年的旧衣服。他的手很少是干净的，因为他干的都是体力活，经常灰头土脸的。但是继母很爱干净，她干活的时候总是戴个头巾，有时还会戴着白手套搬砖，晚上回来的时候，她的头发经常是混着汗水被压得扁扁的，贴在头皮上。

平时，继母买了什么好吃的都会先藏起来，只给她女儿吃，父亲自然也吃不着。有一次我趁她不在，去翻她藏起来的饼干，她回来之后发现饼干少了几块，就很生气地大声喊我的名字，并用手使劲拧我的耳朵，直到拧出了血。我太害怕了。有一次我在门口蹲着玩儿，看见她远远地走过来，赶紧转过身背对着她，因为我不敢看她。她推门进屋后，就和父亲说："这小孩儿心眼真多，背对着我蹲着，看都不看我一眼。"

由于王凤玲的极端苛刻，青春期的我连用卫生巾都是奢侈的事情，我只能把卫生纸叠起来用，或者把破衣服剪一剪，就那样夹在裤裆里，当一次性的用。冬天上厕所时，我都能看见自己裤子里冒出的蒸汽。有一次，叠起来的卫生纸不堪重负从中间断成两段，从我的裤管儿里掉了出来。当时我正在学校，刹那间，我以近乎本能的速度立刻俯身捡起并窝在手心里，胆战心惊却假装什么都没有发生。

北京的冬天，在那些来月经的日子里，受冻的不只是我的下半身，我的整颗心都凉透了。我曾经无数次幻想，如果我从这个世界上消失，能不能换来有人为我掉一滴眼泪。而这一切，父亲都是感知不到的，他觉得有吃、有喝、有地方住，就够了。我也尝试过和父亲沟通，但在我的印象中，他只会慈祥地看着我，摸着我的头，说：

"听话，你以后长大了就好了。"

我心疼父亲，不管是源于自己的内心，还是别人告诉我的，我总觉得他找个媳妇儿不容易，作为一个在北京漂泊的农民工，他不高也不帅，能找到一个愿意和他起早贪黑一起干活的人，是很难得的。听大爷说，我的生母，曾短暂地和父亲一起在北京打过工，她是什么活都不干的，晚上父亲回来，连一碗热饭都没得吃，她只做自己的饭。就是那么心狠的一个人。

我那时没有内衣，就直接穿校服或短袖，内裤也就那么几条，穿脏了还得翻个面继续穿。学校要求我们交学杂费，继母总是百般刁难不给我钱，班主任和继母说不通，只能为难我。虽然我是个好学生，但是该给学校的钱一分都不能少，也不能晚。有一次，我连续一周都被罚站在走廊上，因为家里一直不给我交二十块钱的学杂费。对一个青春期的少女——还是课代表来说，被罚站就像当街示众一样。

尽管可能没有人看我，但是我觉得所有人都在看我笑话。最后，我实在受不了了，在一家网吧门口，偶然看到一辆没有上锁的自行车，瞬间就下定了决心，骑上自行车就跑。我骑得飞快，好像有狗在撵我。我骑到了一个修自行车的店铺，气喘吁吁地问老板：

"你这里收自行车吗？家里让我把这自行车卖了。"

"收。"老板打量着自行车说。

"能卖多少钱？"

"你想要卖多少钱？"

"二十块。"

于是，通过偷一辆自行车，我才交上了二十块钱的学杂费，结束了在走廊上示众的日子。虽然我解决了问题，可从那之后，我仅存的自尊已在焦灼和痛苦中荡然无存。

二姐姐总有新衣服穿，她可以随时看电视。我既羡慕又嫉妒。而且她还不用给家里干很多活儿，不像我，每次都是我刷碗，每次都是我做饭，而且最让我想不通的是，她可以去上技校。她活得很安稳、很踏实，不像我，活得惊心动魄。我不懂人性的复杂，也不懂我和她之间的区别。

为了让继母喜欢我，我曾像傻子一样挣扎。当我和他们一起去工地的时候，我搬最多的砖，先用一块砖打底，在上面摆两块，再交替放几块，这样就可以一次搬十几块；我洗床单、洗被子、缝被子、刷鞋、做饭、生火、烧炕，我给她按摩，给她烧洗脚水。但是这些示好，在她眼中都是应该的，因为他们挣钱，供我吃喝。

再后来，在家里我连呼吸都变得困难，看到王凤玲我就哆嗦，看到父亲我又要假装一切都很好。我好像分裂成了三个人格，一个面对王凤玲，一个面对父亲，一个面对我自己。我想扮演一个好女儿。周围的人和我说：

"忍一忍，等你长大了，离开了家，一切都好了，你爸爸还可以有个伴。"

我听了总是保持沉默，也深深觉得说了没用。

对现实的失望和对逃避的渴望，让我开始幻想。我们住的地方有很多没有租出去的空房间，房间很小，只能塞一张双人床和一个柜子，窗户也很小，里面有很多灰尘和很久没人住的陈旧的味道，那种味道却让我安心。

没有人需要我的时候——也几乎从来没有人需要我，所以我不担心有人找我——尤其是不上学的时候，我会待在那些空房间里，坐在四块砖垒成的小凳子上开始没日没夜地幻想。我有时会抱着自己，有时会抱着双腿蜷缩成一团，把头埋在膝盖上。我感觉不到饿和渴，仿佛变成了一尊雕像。有时候，继母也会突然闯入我的幻想，带着愤怒和嫌弃的目光，注视着我。

我没有崇高的理想，比如成为科学家，超级英雄，或者变成宇航员飞到外太空。我看不到这些，我能幻想的就是生活的反面，那些我能看到却得不到的——爱和一个能遮风避雨的家。

我在想象中布置了这样一个场景：我租了一间小平房，可能有四五平方米，里面有一张干净又整洁的床，一个用来生火做饭的炉子，还有一个用来吃饭和做饭的矮圆桌。我会把房间打扫得干干净净、利利索索，每天下班回来就窝在我的小房间里。当然，我还有一个帅气的男朋友，我们住在一起。他很喜欢笑，我们会一起做饭、一起聊天、一起依偎着睡觉。这想象就好像是成年版本的过家家。虽然那时我还是个孩子，可我的想象已经过早地描摹并通向了未来。

当我想到最快乐和兴奋的事，就会长久地停留在那一刻，仿佛拍电影时"咔"的那个瞬间，我要反复体会那种幸福和快乐，不停地循环。如果我的想象力会说话，他大概会对我说："你是我见过的最没有想象力的孩子。"

想到伤心的事，我也会在空房间里哭，但有时候哭不出来，一个人默默掉眼泪又有什么用呢，也没人心疼。我幻想离开家，离开父亲，甚至也会幻想离开这个世界。我太痛苦了，却又不懂这种痛苦，我消化不了、倾诉不了，只能被动地默默承受，让痛苦在心中生根发芽、野蛮生长。如果说父母和家庭是人们活在这个世界上的最原始的支点，那我似乎一开始就失去了这个支点和根基。它导致我时刻都在怀疑——走在街上的时候，在空房间幻想的时候，照镜子的时候——我是真实存在的吗？

当我行走在童年的记忆里，我看见一片荒芜的沙漠，一个绝望之地，只有继母的巨大阴影和当时那个无助的自己。王凤玲对我最大的摧毁不是让我自卑、怯懦和害怕，而是她让我忘记会有人爱我。

校 园

只有学校能让我获得短暂的喘息。

上学的地方并不远,我每天都是走路去学校。那是一所打工子弟学校,老师和同学都不是很稳定,但是那段时间我特别快乐。学校就是几排小房子,一排是小学,一排是初中,一排是高中,还有一排是老师的办公室。厕所在院子里的一角,另外一侧则是食堂。教室里的课桌排得很密,班上有五十个同学。

我的同桌是一个白白瘦瘦的小女孩,她的指甲特别干净,说话轻声细语,非常温柔,我们会一起跳皮筋、丢沙包。我很羡慕她,我的指甲缝里总是有黑黑的一道。她们的脖子也很干净,不像我,一出汗,脖子缝里就会有一条条的黑泥巴。我的骨架小,又矮,面黄肌瘦的,一看就是穷孩子。有一天,她问我:"你喜欢闻汽油的味道吗?"她说她喜欢跟在车后面闻汽油味。我当时就记住了,原来人可以有选择,可以有喜欢和不喜欢的东西。

她和我的性格完全不一样,我凡事都喜欢拔尖儿。有一次我们上数学课,老师正在黑板上出题,加减乘除法都有。我就在下面拼命计算,老师刚写完一道,我就做完一道。当老师写完最后一道题目的时候我几乎同时就举手,对老师说"我做完了",紧接着,才有其他同学举手,我是第一个。我的好胜心非常强,老师夸了我,说我做得很好,对我露出了肯定的笑容。她的音容笑貌我记得很清晰,因为那是我人生早期为数不多的给予我肯定和正向反馈激励的人。或许就是这种持续而稳定的想要获得成就的渴望,一直支撑我到现在。

这股力量来自哪里,我说不清楚,也许骨子里想要挣扎。在我少得可怜的校园学习生活中,我一直都是拔尖儿的那个学生。哪怕在后来短暂就读过的初中,我也身兼多科课代表和学习委员。说我是班里"永远的第一"可能有点儿狂妄,但最差也是"偶尔第二"。当时,放学回家后,我是不会碰书本的,因为要干家务活,或是自己躲起来。自从继母烧了我的奖状后,我也没有了好好表现的动力,再得了奖状就随便塞在课桌里。尽管这样,我的成绩还是数一数二。我在教室里总是坐在第一排,做操也是站第一排,这并不是因为我成绩好,而是因为矮。

我的眼睛小小的,就好像一个圆盘子里面放了两颗绿豆,鼻子扁扁的,再加上一个小小的嘴巴。或许正是因为矮,也没有任何优势的外貌,才让我觉得,还是得好好学习、好好表现。人不能一点优势都没有,光让别人看见自己的短处。可我并没有从学习好这件事中获得任何快乐,家里面的糟心事儿就像一个拥有强大引力的球,不管我干什么都能把我往那个方向转回去。学校距离宛平城很近,老师们会组织大家去那里的抗日战争博物馆学习,还让我们站在卢沟桥上数那里到底有多少头狮子。我混在人群中,一点儿好奇心都没有,心里仿佛一潭死水。

因为成绩好,我也成为班里一些"坏"学生针对的对象。比如,老师外出的时候会让我在讲台上坐着监督大家,谁不自习就把谁的名字写在小纸条上交给她。有一次,我写了一个同学的名字,"杨冬",被他知道了,他很生气,把我叫到教室后面,冲我喊道:

"你觉得自己很牛是吗?"还顺带给了我胸口一拳。

还好,当时被另外一个女同学及时制止了。

她对杨冬说:"别这样。"然后拉开了他。

我就这样逃过了一劫,但整个过程我心里没有一点害怕；而令我难受和不爽的是，比我高两头的杨冬低头俯视我的那个眼神。

我也做过坏事儿。有一次，我收到一张从后面传来的纸条，来自班上比较受欢迎的男生，"你愿意做我女朋友吗？Yes/No"。

后面的同学让我递给我的同桌，我的同桌是一个皮肤白皙、长相甜美的女孩。

拿到纸条后，我毫不犹豫地勾了"No"，然后给后面的同学传了回去。那是一种嫉妒。为什么，没有人喜欢我。

在我就读的那所打工子弟学校，大多数孩子的父母都是农民工，或者服务员、清洁工，他们从事各种社会底层的职业，而来这里工作的老师——据我同学李俊强说："那个语文老师就是我家隔壁的邻居，只读到高中毕业，前一天还在当服务员，第二天就来这儿当初中老师了。"

李俊强六年级的时候来到我们班，因为长得高壮，刚来就被班里另外一个"老大"李根给盯上了。俩人在教室里就打了起来，李根摔倒了，李俊强赢了。后来李俊强去上厕所的时候，李根叫了一帮高年级的同学把李俊强堵住，踹了他一脚，在他崭新的白校服上留下一个大脚印子，还扇了他一嘴巴。李俊强从厕所出来的时候，正好碰见了我们的班主任。他对班主任的记忆和我完全不同。他说，班主任看到他身上的大脚印子后笑了,仿佛在说,这回你还牛不。他觉得,这不是一个班主任能做出来的事。

到初中的时候,李俊强的身高已近一米八,他五官端正,可以说是帅气,自然也就成了班里坏孩子的中心。李俊强张罗身边的男同学一起去偷铁。学校附近有很多建筑工地,他们白天就去偷工地上的钢管儿。有个公交车站附近有很多石板,石板里面会露出二十厘米左右长的一截钢筋,那钢筋非常细,像面条一样。他们就使劲掰、反反复复地掰,先掰热,才能掰折,一分钟也就能掰下来一根儿,之后再拿去卖废品。李俊强说收废品的摊主总是坑他们,明明十斤的铁说成五斤。有一天半夜,他们翻过特别高的墙,去一家工厂偷铁,被人发现了,追着跑,差点被逮着。还有一次,他们费了半天劲进到一个厂里偷了一台电视机,然后费了九牛二虎之力把电视机拆散,把里面的铜挑出来卖了十几块钱。想起来真傻。

他们这一切辛苦,都是为了去网吧打游戏。尤其是周末,他们骑自行车到网吧门口,把车扔在那儿连锁都不上,就飞快地进入网吧,花五块钱包一个上午。

他也曾经是我的同桌,因为老师试图让我这个好学生感化他。为了证明自己的优秀,我特意做了一张卡片,放在桌子的中间,上面写着:请勿打扰。这并没能阻止李俊强把我往坏学生堆里拉。有一次上课,他正在跟我说话,校长突然从门外冲了进来，上来就给他一巴掌。李俊强脸上立马多了一个清晰的手印，他的眼睛红通通的，但眼泪没有掉下来。

和我一样，李俊强也是初一辍学的。后来他做拆迁发了家，成了一个有钱人，亲手拆了那所学校。他挺庆幸自己早早辍学的，不然如果读到高中，那么爱打架的他说不定会出什么大事。

李俊强这个人很不一般。他总说："我们学校的教育太差了。"他懂的很多，因为他是被公立学校开除才不得不来这里的，有对比就有伤害。他说，我们那个学校属实应该叫打工子弟学校，因为里面的孩子很少能真正从底层爬出来。

可我在这个学校里还是收获了很多友谊和温暖。我记得有一个女同学，个子非常高，但脸上有一块很大的胎记，几乎遮住了半张脸。有一次放学后，我和她，以及她的弟弟一起走出学校，她弟弟突然问："这个女孩（我）怎么这么矮呀？"女同学立刻制止："你不要这样说别人。"轻轻的一句话，我一直记到现在。也许我们都是有缺陷的人，惺惺相惜。

作为在打工子弟学校上学的孩子，我们都习惯了没有长期的朋友。也许在固定地点读书、生活的孩子会有一路相伴的知己，但对我们来说，一切稳定的东西都是奢侈品。

我的同学们就好像流水线上的工人，今天来了、明天走了。我们习惯了跋来报往的浅淡友谊，习惯成为彼此生命中的过客。

虽然，我们也会一起分享歌词本，互相写同学录，去同学家串门儿、吃饭，但是这种友谊是很随机的。另一方面，我们当时还太小，在还没有懂得怎样表露真心和交朋友的时候就早早地错过了。

当时，我有一个同学叫李星星，她笑起来甜甜的，我俩关系挺近的。我经常吃了上顿没下顿，而她每天都有饭票，于是，她每次打饭，总是让食堂阿姨给她盛满满一饭盒，我就站在她旁边，等她吃饱了，剩下一点给我，如果我还没吃饱，她就再去窗口打点饭给我。有一次这个过程被班主任看见了，她的那种目光让我很难为情，感觉自己像个乞丐。

我也去过李星星家吃饭。她的父母很热情地招待我，还问我：

"你爸妈是做什么的？你老家是哪里的？"

"赶马车拉砖的，河北的。"

"以后常来我家玩儿。"

她家虽然也小，但比我家大，至少能放下一个饭桌，也不用在炕上做饭，而且饭菜还很好吃。最重要的是，我第一次在她家感觉到，一个正常的有爱的家庭应该是什么样的。可是,我并没有机会感受第二次,因为李星星没过多久就回了老家。我们的友谊戛然而止。

她是我最喜欢的朋友。她会认真地看着我,听我说话,可我并不会聊家里面的事情,因为我自己都理解不了,所以也不知道怎么和别人说,如果要说,就得从继母、父亲甚至生母说起,这太复杂了。另外,我也不想让别人知道原来我过得这么苦、这么累,我已经没有什么自尊了,更不想让别人带着怜悯的眼光看我。

尽管知道她已经走了,我后来还是去了她家一次,那里已经人去屋空。我只能被迫接受这种干脆利落、没有任何回响的结束。

每天天不亮我就从家里出发去学校。到教室的时候,通常只有我一个人,空荡荡的。我会把灯打开,然后开始自习,并不是因为我很喜欢学习,我只是不想待在家里,除了到校学习之外我也想不出什么娱乐方式。我有时会绕路去附近的小公园溜达一圈,看那些无家可归的人睡在公园的长凳上,我曾经很认真地计算过,如果我不回家睡觉,能不能在这个长凳上过夜,会不会冷、会不会有危险、会不会有人撵我。偶尔,我会把从家到学校的路来来回回地走几遍,假装自己在路上而不是没有地方可去。

我曾暗恋过一个男生,他单眼皮,瘦瘦高高的,我觉得他非常可爱。他爸妈对他也很好,他还有一个兄弟,我们都在一个班。他是我幻想中的男朋友,我还暗戳戳地给他写过情书,夹在他的书里。我们做同桌的时候,我总会帮他收拾好书。但是这一切都没有得到回应。我离开学校后,还特意给他打过电话,其实也不是想做什么,就是想联系联系老同学。电话里我们简单沟通了彼此的近况。结束之后,我看见他在网络上更新了一个心情状态:

"真的是阴魂不散啊。"

我到深圳之后,我们还聊过一次天。他问我在干什么,我说在上班,然后他问我一个月挣多少钱,我说一万多。我问他在干什么,他回:在开大卡车。他难以置信地发来一句话:"你一个月坐在办公室里就可以挣一万多?"我能想象出他瞪着眼珠子满脸不可思议的表情。

虽然没有和他谈恋爱,但叛逆时期,我在学校也交过一个男朋友。那是我的初恋,可我完全不记得他的名字和长相了,也不知道我们是怎么好上的,只记得曾被我的一个远房表哥二愣看到我们走在一起。二愣的评价如下:

"那可能是你们全班最丑的一个男生。"

谈恋爱后,我真正进入了"坏学生"的圈子。他们带我去网吧,我还给自己注册了网络账号,昵称叫"爱你一万年"。那会儿还没有这么多令人眼花缭乱的游戏,很多人去网吧就是为了和网友聊天,我也不例外。只不过我没有钱开机上网,就只能看着他们聊天、打游戏。网吧的灯很亮,男友会拿外套盖住我俩的头,然后偷偷跟我接吻,这就是我们之间极限的亲密行为了。我没有任何感觉,只嗅到了尼古丁的气味。

有一段时间,我经常不回家,跟着这帮没有根的孩子到处游荡,一大帮人今天去这个同学家睡,明天再去另外一个同学家睡。我们就像集体异动的蚂蚁军团,没有明确的行动规则,但是在某些方面有很强的共鸣,也许是因为我们都缺乏爱和关注,所以自愿地、盲目地、无意识地互相温暖。

我的叛逆是一种挣扎,我想看看父亲到底在不在乎我,也想告诉他们:我离开你们也能活。纵然是这样,父亲依然是沉默的、不闻不问的,我好几天不回家睡觉他也觉得没什么。

我的叛逆行为让老师头疼不已。班主任是一位美丽的女士,她喜欢穿白色的衣服,留着精干的短发,写一手漂亮的板书,谈吐很有文化。李俊强说她很操蛋,不配为人师表,可我觉得她是我的老师。有一次早操时间,她把我叫进教室。我们坐在最后一排的凳子上,中间隔着过道。她带着惋惜的神情说:

"你怎么能和他们在一起混呢?醒醒吧,现在回头还不晚。"

她的神情中透露着一种痛心,那种痛心像刀子一样刺痛了我。我低着头,眼泪滴滴答答落在膝盖上,我在躲避她的审视,但内心是委屈的。没有人在乎我,可是老师作为一个陌生人,她没有放弃我。

"对不起,老师。"我哽咽地说道。

我也想回头,想好好学习,但很快我就被继母和父亲推出了学校和家庭,开始了打工生涯。现在的我想和当时的班主任说,我很感谢你的教导,虽然这个学校不是很好,但是你对我的肯定和挂念,我全都记住并试图抓住了,有种鼓励我永远都不会忘记。

我的整个童年生活都很贫瘠,没有音乐和电影相伴,也没有什么娱乐活动。成年后才第一次进电影院。有一个同学带了她的随身听到学校,我就在下课的时候借来听,播放的并不是什么高雅的音乐,但那种旋律欢快地、自然而然地流入心间,好像让那里坚硬的土地也变得松软了。

如果我能提前知道,我会在初一那年彻底告别学校,我想我一定会更加珍惜身边的同学和老师,珍惜学校的每一堂课,每一张试卷,每一包别人递来的辣条,每一次与同学的奔跑打闹和开怀大笑。

亲 戚

说到我的亲戚,我的记忆同样是碎片式的。

我爸兄弟四个,他排行最小,所以我有大爷、二大爷和三大爷。

二大爷是个传奇人物,我只见过一面。听我大爷说,二大爷早年是当兵的,回村里的时候裤腰带上都别着枪,在当年,那都是很牛的人。二大爷性子非常野,村里谁家鸡鸭丢了,总是先怀疑是他偷的,因为他似乎知道如何飞檐走壁、悄无声息地跃入别人家院子或者攀上谁家房顶。退伍之后,他去了内蒙古,在那边漂泊了几十年,还找了一个当地女人过日子,住在蒙古包里。

父亲去世时,他也来了北京。我只记得他身形很干瘪,穿一身旧旧的迷彩服,说话很有江湖气。二大爷在我父亲去世后生了很严重的病，那女人也就离开了他。他回到了我们村的养老院，那是马路边一个红色的大瓦房，里面可能有几个房间，不久之后他也死去了。我是很多年后从堂姐口中得知了他的死讯，后来我回农村给父亲烧纸的时候，看到他的坟墓，和父亲隔着几棵树。我大爷说，你顺便给二大爷也烧点儿吧。于是我把给爸爸的糖和纸钱，匀了一些给他。

从小到大，我接触比较多的就是大爷和三大爷。

大爷长得很魁梧，身高将近一米八，浓眉大眼，很慈祥，喜欢吃零食。大娘身形瘦削，小脸尖尖的，很会攒钱。他俩都不识字。大娘总说，你大爷是四个兄弟里面最笨的，啥都不会算。而三大爷则和我说，你大爷才是最精的，谁都没他精。他们兄弟间有点儿相互看不惯，今天你种了我的地没给钱，明天你过节没给我打电话，互相挑理。

大爷和大娘有两个孩子，一个就是我的堂姐娟子，另一个是我的堂哥军子。大爷和父亲早年曾一起在北京打工，所以我和堂姐离得也比较近。父母离婚后，堂姐偶尔会照顾我，给我做做饭或洗洗头。堂姐是初二辍学的，她当时在康保县一个镇子上学，需要住宿，但学校条件很差，十几个学生一起睡大通铺，厕所在很远的地方。堂姐说：

"都不敢多喝小米粥，喝多了不敢上厕所。"

农村的夜晚是实心儿的黑,半夜起来上厕所,不仅要克服寒冷,还需要极大的勇气。我记得童年时期偶尔回农村,上的都是旱厕,里面堆着很多粪便,这我不怕,可我怕"鬼",我就把两只手背在后面,拿根竹竿把它甩来甩去的,这样就能把"鬼"赶跑。

到了周末,堂姐就骑一辆老式的二八自行车回农村的家,单程要骑几十公里。她后来和我说,那个时候真是太冷了,手和脚冻得不听使唤,自行车也破,骑不动。后来,她太想家了,也觉得上学没意思,便求大爷和大娘不要再让她上学了。大爷大娘刚开始不同意,他们认为堂姐至少应该上完初中。

可是堂哥的媳妇,我大嫂,却说:"上了初中也没什么用,还不如早点出来打工。"

堂姐很感谢大嫂,认为这是在帮她,于是她来了北京,每天给堂哥和大嫂做饭、带孩子。大娘的手机一欠费,就会给堂姐打电话:"你爸手机又没话费了。"哪怕大娘正在堂哥家里和大嫂聊着天,也会给堂姐打电话说这些。其实堂姐心里门儿清,可还是给大爷的手机充上了话费。

我小时候没有什么朋友,而堂姐身边有很多亲人,可这不妨碍我把她当作最亲近的人。她长着一双有灵气的大眼睛，鹅蛋脸，笑起来很有活力。我能感觉到堂姐很聪明。她性格幽默，总能把很普通的事情讲得很有趣，她也泼辣，敢和人吵架。我小时候经常头疼，堂姐留意到了，就和我继母提议："应该带孩子去医院看看。"没想到，继母不仅强硬地拒绝，还骂得很难听：

"你是不是和你叔睡了，管那么多。"

堂姐瞬间就被点着了火，扑上去拽着继母的头发，骂道：

"你说的是人话吗？"

继母也很凶悍，两个人就扭打起来。后来堂哥来了，大爷也来了，才把两个人拉开。

堂姐每天都带着我小侄女玩儿，她们的感情很好，但堂姐和我，却总像是隔着一层。那会儿我很羡慕小侄女有那么多人关心。后来她大学毕业，有机会留在北京的外企工作，但还是回到了老家上班，守着父母。

继母来我家不久，我们就从西道口搬走了，和大爷他们也离得远了，但我偶尔还是会去找堂姐玩，后来她通过相亲认识了姐夫。她原本谈了一个城里的对象，但是人家死活不给彩礼，所以大爷大娘不同意。他们的想法很简单，孩子养了这么多年，哪能白给你。后来别人介绍了姐夫，他是隔壁村的，是个帅气小伙儿，为人踏实，家里兄弟三个，穷得叮当响。他一眼相中了堂姐，可他的家人开始犯愁了，因为大爷大娘要三金、砖房、摩托车,外加一万块钱的现金作为彩礼,他家要砸锅卖铁才能凑得齐。为此,姐夫在炕上躺了好几天,用我们老家话说叫"砌屎呢"(绝食的意思)。这种坚持最终换来了家里的妥协,把堂姐迎进了家门。堂姐也拗不过家里人,只能顺着命走了。

我刚出来打工的时候,堂姐帮了我很多忙。她帮我找工作,还在我迷路时过来接我,我没地方住的时候就挤在她家,和他们睡一张床。堂姐和姐夫,刚开始也都是做体力活,在工厂打工,赚不了多少钱。

后来通过别人介绍,他们在通州盘了一个小店卖汽车配件,小买卖刚起步并不容易,很多地方都需要打点。后来,生意慢慢做起来了,有了稳定的客源。虽然库存占用了他们的大部分资金,但总归是给自己干,算是自己当小老板。我看到堂姐和姐夫脸上的笑意也越来越浓了,尤其是2016年前后,互联网开始蓬勃发展,他们还参与了一个汽配网站的投资,小赚了一笔,在河北燕郊买了一套小房子,还买了一辆轿车。

他们成了家也立了业,于是想要孩子了,可这件事并不顺利,努力了两三年堂姐才怀孕,其间,一起卖汽配的人还嘲笑堂姐:

"要么弄个猴儿养吧。"

堂姐和我说这些的时候很生气，生不生小孩关那些人屁事。可也许堂姐没有意识到，其实我们的一生中，所作出的大大小小的决策都会被别人推着走，就好像海浪会卷走每一朵浪花。

自学考试结束后我也和堂姐、姐夫见过几次面，有一次在饭桌上，姐夫振振有词地对我说：

"读书没有用。"

"你看很多有钱人，都没上过学。"

他们看到的事实的确是这样，他们身边的人没几个上过学，他们也没有机会去尝试一下读过书的人生是什么样的。现在，他们自己的孩子也到了上小学的年纪，堂姐有时会对我说，他们两个都没文化，辅导不了孩子的功课，只能送到培训班。其实她也默认了读书的重要性，无论是主动的还是被动的。

我拿到本科学历后，也和他们提起过，其实我想要的是正向的鼓励和表扬，因为我太需要别人认可我、推我一把了，但他们对此是沉默的。有一次聊天时，我随口说了一句："真受不了农村的旱厕，拉屎冻屁股。"

我其实是在开玩笑。

而姐夫听到后却来教育我："别以为你在城市就变得高雅了，你永远都是农村人，别忘了自己的出身。"

其实我并不理解，我明明在越变越好，他为什么要把我往后拉、往下拉、往曾经的出身上拉。后来我懂了，是教育把我和他们分成了两类人。我们对生活、婚姻和生育的观念似乎已经很难融合。

有一次堂姐还特意问了村里的大学生，关于我学历的情况。然后对我说：

"他们说你考的这个和人家大学生不一样。"

"是不一样的，但我也是通过自己的努力拿到的学历。"我平静地回答。

后来我又去香港读硕士、读博士，堂姐再也没有质疑过我，但也没有鼓励过我，他们觉得这没什么。对他们来说，赚没赚到钱，婚姻是否幸福，有没有孩子，才是衡量人是否成功的黄金标准。但有时候他们也会打趣我，总觉得我敢说敢做，除了个子不高，哪儿都高：心气儿高，目标高。

堂姐有时候也会对我说："你们这家人太自私了，你爹、你妈，甚至我爹妈，你们都自私。"

我能理解她。但是我也不懂我哪里自私了。也许是因为我很少和其他亲戚联系，每年只和堂姐说上几句话；或许是因为小时候她让我帮忙照看侄女，我不愿意；再或许是因为我跑得太快，顾不上其他人。

姐夫是十四岁就来北京打工的，一路靠自己装卸货、当司机，白手起家，为自己的家庭挣得了一份比较稳定和体

面的生活。他知道我对父亲和生母有很多不解,总对我说:

"小小啊,你知不知道那会儿的人有多穷?"

他也会嘱咐我:"没有必要再回农村。我是从农村出来的,我知道那个地方,你已经离开了,你不属于那里,那里也没人惦记你。"

他解释:"哪怕他们吃饭前能想一想,小小吃饭了吗?他们赚到钱的时候能想一想,小小能吃上一顿好的吗?"

但凡有一个人这样挂念我,我也一定会挂念他们,但没有这样的人。姐夫说的都是大实话,我最艰难的时候亲戚们几乎没有出现过。对他们来说,无论在经济上还是精神上,我都是不值得或者没必要给予关注的人。他们更不会真正在乎我过得如何。我注定是一根野草,在狂风暴雨中,在山呼海啸中,在车轮和脚步的反复碾压中,野蛮地抵抗和生长。

我读博之后再回到老家,也彻底懂了姐夫话中的含义。当时我回去给父亲烧纸,虽然农村还是旱厕,但我也想多陪大爷大娘几天。他们在老家种地、养羊。我借住在他们家,吃饭的时候聊起现在的生活,大娘也能感觉到我现在过得还算体面,便笑眯眯地看着我,半开玩笑半期待地说:

"孩儿现在过得好了,能不能给你哥找个工作?"

我一直很感谢堂姐和姐夫,但姐夫总是诚恳地说:

"我从来没有觉得照顾过你,我们自顾不暇。"

"我觉得,那一点挂念也是照顾。"我笑嘻嘻地回复。

很多年后,当堂姐得知继母对待我的更多细节时,她看着我的眼睛红了,她问我当时为什么不跟她说,或者去找她,那她至少可以给我买几包卫生巾。我们那时离得并不近,我不懂得该如何求助,也羞于开口。我甚至不知道继母的行为是不是正常的,也许我自己是不正常的那一个。

姐夫有时也会左手夹根烟、右手端杯酒,说:

"人这一辈子,自己的健康放第一位,孩子和父母放第二位,这些都兼顾,人生就完美了。"

他们在北京漂泊几十年,见过大老板,也见过打工仔,还在人民大会堂开过会,但始终找不到自己的位置和归属感。北京的生活节奏太快了,他们每天早上六点就起床,晚上六点就要上床准备睡觉,这样才能在第二天保持精神饱满。他们始终觉得自己是农村人,根在老家,父母在老家,那里才是家。不管走到哪里,他们始终都是农村人,城市中的钢筋水泥没有办法构建他们扎实的人生,农村的土地和牛羊才是他们的根。

我姐夫说他们这一代是"摆渡人",就是为了照顾好后代,照顾好父母。渡了长辈和孩子,他们的使命也就完成了。在我看来，他们其实是最具有乡绅气质的一代人，能够细致地讲述自己的生活，对身边的人也非常了解；他们很明确自己想要什么样的生活，能够清晰描述对未来的愿景，也知道自己的下一代应该怎样。这不代表他们没有远见，相反，他们对生活的理解非常深刻。

正是因为对自己的认知非常清晰，了解自己的根系，他们的身上才有着很强的反弹力。之前生意不好的时候，堂姐和姐夫就种地、养牛，用尽所有的办法，利用所有的资源来支持自己的家庭、父母、兄弟姐妹。但是，姐夫不愿意求人和拍村干部马屁，即使那能让他们在村里养更多的牛。

他骄傲地说："人活着得有一口气。"

堂姐对此则持相反意见，她认为："你可以利用别人。"

姐夫却觉得，只有有权有势的人利用我们的份，哪有我利用人家的份，我们现在的生活已经过得很不错了，实在没有必要再去低三下四地巴结别人。

姐夫也会苦口婆心地对我说："奋斗得差不多就行了，该生孩子了，家庭才是最重要的。"

"姐夫，我才三十岁，明年才博士毕业，我的人生才刚刚开始。"我解释。

姐夫不是一个习惯聆听的人。他会继续教导我，都三十岁了，差不多了，别那么拼了。我想，这其实是他安慰自己的话，因为他当时不肯求人所以无法养更多的牛。

很多时候别人对我们说的话，其实是他对自己说的，是他们内心的投射。这种时候，我们应该勇敢地把这些话甩在脑后。

姐夫还总和我的小侄女说："闺女，你将来就继承我们养的牛吧。"他们总说父母就是那个放风筝的人，决定了孩子能飞多高，而他们不希望孩子走得太高、飞得太远，总希望孩子可以永远在身边。

我的经历被新闻媒体报道的那段时间，堂姐也看到了。她发来了一句语音："我们没有读过书的人只能受欺负了，一辈子就这样了。你好好努力吧。"他们租的铺子在那几天遭受了强制拆迁。

我和堂姐并不是直系亲属，但我把她当作唯一的亲人，因为她是唯一一个在她的能力范围内尽力帮助我的人，她不嫌弃我小时候的笨和烦，她对我有耐心。

我的三大爷和三大娘则是一对赚钱高手。三大爷是四个兄弟中学历最高的，上到了初一，我的父亲应该是读到五年级，其他两兄弟没上过学。父亲当初把我送去山西打工，就是让我到那里找三大爷。三大爷和三大娘是在戏班子唱戏的，哪里有红白喜事哪里就有他们，他们会打快板儿，会唱二人转。我刚到那儿的时候有种寄人篱下的感觉，于是我刚进门,就把父亲给我的二百块私房钱直接给了他们,就是为了讨好他们。三大娘带我去买了一条牛仔裤和一双粉色的高跟鞋,那双鞋穿起来很不舒服,我几乎再没穿过。在他们家住了一两个晚上之后我就去了饭店打工。

他们也有两个孩子,一儿一女,因为从小就不在同一个地方,所以我们并不是很熟。据三大爷说,我刚到山西的时候,曾经表达过,我想上学。他也曾与我父亲和继母商量,能不能让我在山西上学,吃和住他包了,只需要由父亲和继母出学费,可他们不同意,这事就作罢了。以三大爷的能力,实在没有办法供三个孩子读书。

我的继母就是三大爷介绍给父亲的,在某种程度上,我心里对这一点是有芥蒂的,但是谁又能预测未来呢。父亲去世后,我几乎和所有的亲戚都断了联系,当然也包括三大爷。所以他们也和堂姐说我自私,他们觉得自己曾为了父亲的丧事忙前忙后,而我逢年过节连个电话都不给他们打,没良心。可我想说,我那会儿太小了,不理解亲情、爱情、友情,也没有人给过我这些,所以在这方面我就是个傻子,我需要的是别人对我的关注和爱,而不是让我去感恩、去爱别人。

二十九岁那年,我去看望大爷大娘,也给十年未联系的三大爷打了一个视频电话。我想看看他,也许能从他脸上看到父亲的影子。当他出现在手机那个小小的屏幕上时,我哭了,他的眼睛也红了。那年他六十岁,如果父亲活着,还不到六十岁,还很年轻。

我小时候还很喜欢和一个亲戚曹大娘在一起,她笑起来很和蔼。她有三个儿子,外号分别叫大愣、二愣和三愣。二愣是村里那种很有出息的大哥,我们都叫他二哥。他在北京靠拉渣土起家,之后在北京买了好几套房,做过各种小买卖,是个很能折腾的人,后来在北京也渐渐有了点小名气,所以他在我们村里也很有威信。二愣在北京的生意越做越大,真正的"本地大哥"知道后,觉得二愣抢了他的生意,于是找了一帮街溜子把二愣狠狠打了一顿。二愣在301医院住了一个多礼拜,差点没出来。本地大哥还放话:

"你要是再敢回北京,下次就打死你!"

后来,二哥就再也没回北京,开始在我们老家经营KTV和饭店。有一年我到派出所办身份证,由于户口本上的地址登记得不详细,流程进行不下去,于是我给堂姐打电话,堂姐让我直接找二哥。我鼓起勇气打电话给他,二哥二话没说,立即联系了村主任,村主任很快把我户口本上的信息补全了,我这才顺利地办好了身份证。

当时,我没事就去曹大娘家里住,每次去,我都把她的房间打扫得一尘不染,就连点蜂窝煤的炉子,我都擦得锃亮锃亮，这是我对她的感恩，感恩她的收留。邻居每次去她家都能看出来是不是我打扫过。曹大娘对我挺上心的。有一次我生病，发烧、头疼，大娘剥了两头干净的蒜，让我撅着屁股，她拿起一瓣直接塞进我的屁股里。她跟我说这样可以治病，我却疼得死去活来。

有时候，曹大娘会看着我，面露忧伤地说：

"苦命的孩子。"

我就往她怀里一扎。她就会抱着我，轻轻拍我的后背。

二哥有钱之后，曹大娘搬进了楼房，我就很少去了，父亲去世之后我们便断了联系，听说她前几年去世了，不知道她有没有挂念我。

父亲

我的父亲是个老实人，话不多，总是笑眯眯的，至少在我印象中是这样。他有一双炯炯有神的眼睛，双眼皮，笑起来很慈祥，他留着小平头和八字胡，身高一米六左右。他喜欢打麻将，所以大家都叫他"老麻将"，叫我"小麻将"。

从小到大他没有对我大声说过一句话，更别提动手打我了。他喜欢抽烟，我最早听到"饭后一根烟，赛过活神仙"这句话，就是从他嘴里。工地没活的时候，他爱拉二胡，总是拿个小板凳坐在门口，叼根儿烟，摇头晃脑地拉出一些我听不懂的旋律。据说，他以前也在做红白喜事的戏班子里唱过戏。

父亲和别人打过几次架，原因不详，说是打架，其实是别人打他。他个子不高，很敦厚，没有杀伤力。我很小的时候，亲眼看到堂哥把父亲骑在身下打，我心里急啊、气啊，光着屁股就去隔壁找帮手。我大声对着邻居喊："有人打我爸，你们快去帮忙啊！"一直到现在，那种憋闷的感觉还在我胸口堵着，恨不得给堂哥两拳。后来我再大一点，父亲又和别人打起来了，一看到他吃亏，我就捂着胸口大声喊心脏疼，同时假装晕倒。虽然我知道自己的演技很差，但我想尽可能地吸引他们的注意，好让他们不要再打了。我心疼父亲。

我总觉得父亲很笨，因为村里人他打不过，继母他也让着，甚至连我他都说不过。可是大爷说，父亲是个极度聪明的人。父亲是最早来北京打工的，可以说是给村里的人开拓了市场。他对大爷说，在老家种地一年的收入可能都抵不上在北京打工一个月的。于是他在北京安顿好住的地方，买了马和车架子，大爷就跟来了，后来村里人也都跟来了。那时候没有电子导航设备，但父亲赶着马车哪里都能去，他似乎对城市的每一块砖瓦都很熟悉，总是在不经意间就抵达了目的地。父亲带着村里人一起帮别人拆房子、收集旧砖，刮干净砖头上残余的水泥就可以拿去卖钱了。那些即将拆除的房子，父亲只要看一眼，用手指量一量，就知道大概能拆下多少块砖，误差不超过五百块。这样一来，利润和工期也都可以比较精确地提前推算出来。

父亲的口才也很好，他很会说话，同样是卖旧砖，父亲总能把价格谈得更高，还能把人家谈得很高兴。继母没来之前，父亲非常受人尊重，他一个人干活，能够分到两个人的钱，他们那帮人里，只有父亲有手机，负责对外联系、接活儿。他不是个吝啬的人，有活儿总是叫着大家一起干。可是继母来了之后，一有活儿，就让父亲自己偷偷干，不告诉大家，渐渐地，他和乡里乡亲也就疏远了。我以前还以为自己的聪明是遗传自生母的，现在看来应该是父亲，惭愧的是我数学并不好。

那会儿，就连很有本事的二哥，遇到事的时候也愿意和我父亲商量。他经常拿张纸问："叔，你看看这写的啥。"

二十九岁那年我回过村里一次，那时我已经很多年没有回去过了。虽然我戴着口罩和帽子，但村里那些七八十岁的老太太们，还是仅凭露出的眼睛就认出了我。她们涌到我面前，盯着我，七嘴八舌地说：

"你是不是小小，你回来了？"

"这孩子和小时候一模一样。"

"我是和你们一起捡砖的啊，你不记得了吗？"

"可怜的孩子……"

"孩子晃晃荡荡自己长大了，长得真不错。"

……

这种体验对我来说也很新奇，因为当很多年轻人吐槽自己的七大姑八大姨时，我都无法理解，被那么多人关注是一种什么样的感觉。如今，我知道了，在农村，人与人之间的关系是很紧密的，就算你很小的时候离开了，大家也会记得你。更重要的是，父亲早年种下的那些善果，让他们记住了父亲，并且尊重和惦念他，于是他们也记住了我。

话说回来，不管父亲再怎么聪明，他也不知道怎么照顾我，或者说照顾一个女孩儿。他只是一直在用自己的方式对我好。继母没来的时候，他经常给我五块十块的零花钱；我过生日的时候，他会在小摊上给我买一份两块五的炸鸡排；他纵容我偷他藏在柜子里的硬币。

继母来了之后，我的整个童年几乎只剩下幻想。我每天六点多就起床去学校，有时太早了学校还没开门，我就绕道走很远，只为了能在路上消磨时间。晚上放学，如果不需要做家务，我也是最晚回家的。来去学校的路上，是我最轻松的时刻，因为我可以选择往哪儿走。

叛逆期，我曾经好几天不回家，和班里的坏学生去网吧刷夜，或者去同学家过夜。我不知道别的父母会怎么处理这种状况，但那时父亲没有多问过我一句话。在他眼里，这些都不算什么，没有少吃少穿就够了，他很少会关注我心里的想法。对我来说，父亲的爱是无形的、沉默的，我几乎感受不到。我觉得他并不在乎我回不回家，甚至不在乎我过得怎么样。但有一次，我又是好几天不回家，回去之后父亲笑嘻嘻地问我去哪了，我说去同学家住了，他说："锅里还有给你剩的饭，你吃吧。"简单的一句话我记了很久，那一刻我觉得，他好像也不是完全不在乎我。感动的同时，我也觉得自己有点儿可怜。

那个时候，父亲的快乐与我无关，我的痛苦也与他无关。我是个心很软的人，有时候好几天不回家，回去一趟，看到他的脏衣服堆了一堆，会给他洗干净再走。那是一种自发性的、没有经过任何雕琢和训练的情感，它驱使着我去做这些事。

那时父亲买不起机动车，就靠着一辆马车养活了我们全家人。一个院子里住的通常都是我们这样的人，别人也受不了，因为院子里拴着很多马，整日弥漫着臭臭的马粪味。我们的马儿，好像是父亲花两三千块钱买的，很能干，也很凶悍，记忆中，有一次它咬了我父亲的肩膀，整个肩膀都瘀青了，父亲也舍不得去医院，只是对付着吃了几片止痛药。从那以后我就很怕马儿，生怕离得近了它会给我一脚或者咬我一口。

但是怕归怕，我还是会经常去菜市场捡烂菜叶子回来喂它，为此我还学会了骑自行车。说来也奇怪，原本我都做好摔跤的准备了，没想到一只脚刚蹬到自行车的脚蹬，即刻就能骑上走了。从那以后，一放学我就会骑着自行车，去散摊儿后的菜市场，用蛇皮袋装很多玉米皮或菜叶子，拉回来喂马儿。我总觉得，全家人都靠它，得让它多吃点儿，吃好点儿。我小时候经常好奇，这么小的一匹马，怎么能够扛起这么多块砖？有时候跟着家人去干活，干完一天回家的路上，坐在高高的、摆满砖头的马车上往下看，我都害怕，生怕掉下去。

我的童年时期，印象最深刻的声音不是汽车声、摩托车声，而是马车"嘚嘚嘚嘚"的声音。那辆马车，也带给我和父亲一些难得的甜蜜回忆。父亲有时候会赶着马车去见客户，我也跟着一起去，那是我童年中为数不多的快乐时光。父亲叼着烟，眼神放松，不紧不慢地赶着马车，我就坐在马车上面，晒着太阳，听着马蹄"嘚儿""嘚儿""嘚儿"的声响，心里有种莫名的平静和舒适，尽管来往的路人可能会对我们投来异样的眼神，但我并不在意。

父亲累的时候，会躺在马车上，跷着二郎腿看天空，不一会儿就会传来打呼的声音。这时马车就完全由我控制了，用两根绳子一左一右掌握马车行进的方向，不时发出"驾""驾"的吆喝声来控制马儿的行进速度，不听话了就给它屁股上来一鞭子，它便又跑起来了。这让我觉得很有成就感，虽然那时的我还不知道"成就感"这个词的含义。这个世界很大，我控制不了，但至少我能控制马儿，连周围人看我的眼神都变成了羡慕和赞许。

马车的速度很慢，所以路上的时间很长，我负责赶车的时候，父亲可以得空在车上躺着睡一会儿，我想，这也是他的惬意时光。回想起来，那是我和父亲难得的相处时刻。

我们平时很少吃肉，偶尔吃一次，也是父亲赶着马车、带着我，花一个多小时到新发地批发市场去买一些扇骨和碎骨头，回家生火煮一大锅骨头汤。那些骨头很便宜，几块钱一斤，我们可以买一麻袋。扇骨上面的肉少得可怜，但父亲吃得很开心，还会买一点便宜的白酒一起喝，并招呼我多吃一点。我们吃的时候恨不得把整块骨头都啃干净，吞下去。

一个冬天的深夜，虽然被子可以蒙上我的眼睛，包裹住我小小的身体，但是捂不住我的耳朵，我不仅可以听到自己的心跳声，还听到了继母和父亲嘀嘀咕咕的声音。继母说她丢了一百块钱，怀疑是我偷的。在那个寒风刺骨的北方冬夜，我不知道哪来的勇气，突然从被窝里钻出来，找了一张纸写上"我走了，我没偷。"然后快速地穿好衣服，打算就这样义无反顾地离开家，头也不回地走掉。

我从小就是个很会盘算的人，因为没有人为我盘算。虽然当时才十岁左右，但我已经想好了要怎么活下去。我要走最明亮的大马路，要等天亮后去找理发店或饭店收留我，总好过在家里受气。在空空荡荡、看不到终点的大马路上，我边走边哭，那个我唯一爱的人，不帮我辩解，也没有替我说过一句话。那一刻我觉得这个世界被无限压缩，只剩下了我。

我走得越来越远，回头的可能性也越来越小。可能是注定的吧，父亲找到了我。他穿着一件匆忙中翻出的红色灯芯绒西服外套，骑着邻居家的破自行车，从后面叫住了我。我扭头看到他的那个瞬间，仿佛被定在了原地。

他慌张地从自行车上下来，一把推开车子，胡乱地甩在电线杆上，便急匆匆地向我跑来，用力地一把抱住我，收到怀里。然后，我们就一起坐在马路边哭了起来。路灯把他的脸照得很清晰，他的眼睛红红的，眼泪很浑浊。

他抱着我，声音沙哑地说：“你走了，我怎么办？”

那是我第一次看见父亲哭，也是我第一次感觉到什么是亲情，他是唯一为我哭的人，也是世界上唯一爱我的人了，也许我这次激烈的反抗，唤起了他心里对我隐藏很深的爱，以及对失去我的恐惧。那一刻他真正成了我的父亲。

我哭得上气不接下气，说不出话来，心中所有的委屈和难过都在那一场泪雨中得到了宣泄。父亲用手背轻轻地给我擦眼泪，因为他常年做苦力，手掌全是茧子。我们就这样在马路边哭了很久，我不知道父亲的眼泪有多少是为我流，又有多少是为他自己而流。

那是我唯一一次感受到父亲强烈的爱和情感。每次想到这里，我的眼泪就控制不住地掉下来。我很愧疚，为什么要让父亲伤心，我原本可以更懂事一点。但，有些眼泪是好的,它把无数个碎片拼凑起来,组成一个完整的我。

我上到初一时,继母认为我没必要再继续读书了,便和父亲商量决定送我出去打工。对他们来说,拿一张奖状还不如拿一百块钱回来有用。当时我的成绩不错,老师对我很关注,他们觉得我是个好苗子,希望我能好好学习。我不确定是我的幻想,还是真实发生的,那就是班主任曾联系过我的父亲,希望让我继续上学。或许是潜意识在告诉我,离开学校是不正常的。

可父亲和继母觉得,身边的人都没怎么读过书,反而出去打工还能给家里挣钱,他们认识的女孩子也都是这样过来的。我当时年纪太小,没有能力反抗,也不知道这意味着什么。父亲联系了远在山西太原的三大爷,在那里给我找到了一份饭店服务员的工作。

家里没有太多我的东西,离开家之前,我几乎连一张照片都没有。简单打包了几件衣服就准备出发了。父亲把马车套好,招呼我坐上去,我俩分别坐在马车的一侧,慢慢驶向木樨园汽车站,虽然一路上我们都没怎么交谈,但我对未来满怀期待,我终于可以离开家、离开继母了。我不知道父亲当时在想什么,虽然我长这么大第一次即将离开他到很远的地方去,但我似乎依然无法从他眼中读到不舍的感情。

到了车站,父亲给我买了票,送我上了车。他没走,站在窗外，仰着脖子看着我。我打开窗户探出头，对他说"你回去吧"。

在必须分别的时刻，我终于看到了父亲眼睛里的不舍。他的眼眶湿润了，伸手从外套里面的兜里掏出了两百块钱，递给我，说："你把这个钱拿好，到那边给自己买点衣服。"我很意外，因为我知道这笔钱肯定是他瞒着继母偷偷给我的。我倔强地说："我不要，你留着。"他踮着脚尖，探着脑袋，把手从车窗外伸进来，直接把钱塞到我的背包里。车开动了，但他一直没走，就那么看着我。车越开越快，我离他越来越远，他的身影也变得越来越小。

那时我还不知道，不久的将来我们会迎来真正的诀别。

从北京到太原的大巴车开了很久，那是我第一次独自坐大巴车，第一次远离北京，连汽车在高速上行驶的声音都是那么的悦耳。在车上，我舍不得闭上眼睛，眼看着车窗外的高楼大厦越来越模糊。这一次是真的，不是幻想，我真的离开了家，我再也不用害怕继母，不用小心翼翼地生活了。我收获了生命中的第一份礼物：独立。

到太原后，因为没有手机，我几乎没有和父亲联系过。后来我再回到北京，通过打工攒了一点钱，给自己买了一个时髦的手机。放假时我回了一趟家，继母看到了我的新手机，于是连手机带电话卡一起抢走了。我心里很委屈，一边哭一边走到当时相距不远的大爷家。堂姐也在，她本来很为我高兴，自己赚钱买了新手机，没想到会被继母抢走，她也被气哭了。因为堂姐之前和继母打过架，父亲当时并不想让我和大爷、堂姐一家联系。他跟在我后面凶狠地说：

"你再去他们家我就打断你的腿。"

"我不来这儿，还能去哪儿？"我愤怒地反驳。

虽然父亲这么说，但我从小到大他都很少大声和我说话，更别提打我了，所以我一点儿都不怕他的故作凶狠。说完之后，他就蹲在门外墙角的阴影下，他的裤子因为不合身而紧紧地挤在一起。他忧心忡忡地看向地面，从裤兜里掏出烟盒，开始一根接一根地抽烟。我用眼角瞄了他一眼，发现他的头顶好像突然多了很多白头发。我对堂姐说：

"有一天他死了，我可能不会掉眼泪。"

记忆中他笑眯眯地、慈祥地看着我的样子早就消失了，只剩下了继母虐待我时他那无奈和躲避的眼神。我带着一种审判的眼光去看他，我恨他背叛了我们的父女感情，只选择做别人的丈夫。

2009年的一天，我在北京通州工作，下班后突然接到了许久不联系的曹大娘的电话。电话那头，她的声音无比焦躁：

"你怎么才接电话？你爸快不行了，快去医院！"

"怎么了？"我平静地问。

"被车撞了，在301医院。他们都联系不上你，很着急。"

据堂姐说，那时父亲已经进医院三四天了。我当时的行踪飘忽不定，他们联系不上我，也不知道该去哪里找我。那时候我的手机时常关机，或者欠费停机很多天，因为平时也没有人给我打电话。我反而在网络上聊天会比较多，我隐约记得，也是看到二姐姐在网上给我发的留言，才打开了手机，即刻就接到了曹大娘的电话。

听到这个消息时，我的情绪反应是滞后的，但是原本往出租屋走的我，下意识地去了地铁站，坐上地铁直接去了301医院。我没有和任何人说，也没有任何人愿意听我说。去医院的路上，我一直在想，我的人生会不会就是一部电视剧，我是其中的一个小角色，专门负责演绎那些绝望的情节。又或者，这就是现实，上天已经完全放弃给我爱，他要把一份名叫孤独的礼物送给我。

我到医院时，父亲已经进ICU（重症监护室）了，他当时才四十岁出头，我十六岁。

出车祸那天，他赶着马车，为了节省时间多干活，他装了满满一大车砖块，经过一个T字形路口时，被一辆加速行驶的货车拦腰撞倒。继母当时在旁边走路，不在马车上，而父亲就坐在马车上控制方向，货车冲出来的一刹那，他被堆积如山的砖块重重砸倒，同时还被车撞击。我不敢想象他有多痛，我可怜的父亲啊，没过过一天好日子，就这样突然离开了我，离开了他唯一的最爱的人，没留下一句话。

出车祸之前，临近中秋，在那之前的几天他还给我打了电话，带着商量和讨好的口气，问我中秋要不要回来。我说："不回，她们都在，我回去干什么？"其实我只是赌气而已，我想让他知道我怨恨那个家庭，我要走得远远的。之后，我确实攀登过高山，潜入过大海，在星光闪烁的地方停留，仰望头顶上的苍穹。而他，则一直停留在了原地，隆起了一座少有人去祭奠的土堆。

我到医院时，继母也在，我们无言以对。父亲在ICU，不能探视，于是我就在外面的大厅坐着等。那是我第一次知道，原来医院的灯是二十四小时开着的，不分昼夜。医院的椅子没法睡觉，很多ICU病人的家属就在地上打地铺。我没有任何准备，只能在医院外面走来走去，好像回到了以前上学的时候，那时我也早起，走来走去，我在家外面，父亲在家里面。我打电话给一个网友，向他求助，他是天津的一个大学生。我问："我怎么才能弄到很多钱，他生病住院治疗需要钱。"他没有正面回答我的问题，而是理智地说："你们要抓住肇事司机，让他赔钱。"

第二天，探视时间到了，每个家庭只能探视十分钟。原来在这种时刻，亲情是要倒计时的。继母让我先进去，因为我已经很久没和父亲见面了。我站在ICU门口，戴上白色的脚套，护士把门打开，我一眼就看到了父亲。躺在病床上的他，白头发好像变得更多了。他身上插着很多管子，喉咙里的、肺里的、嘴巴上的，他还是一样的慈眉善目，我甚至觉得他在笑，他看上去并不痛苦。

我轻轻握住他的手，他的手会自然卷曲，很温暖，那是我第一次静静地看着他安详地睡觉。我觉得他很快就会醒来，我甚至开始盘算，我需要挣很多钱，因为他可能要一直用药，需要人照顾。我在心里喊了一声爸爸，我不好意思喊出声，因为旁边有别的家属，但我知道他能听到。我在心里喊：

"爸爸，你快醒来吧，我们一起过中秋节。"

我心中一边祈祷，一边计算时间还有多少，我是个时间观念特别强的人，待得差不多了我便走出了ICU，此时的继母站在门外，还是像往常一样，指责我："你磨叽这么长时间，就剩下两分钟给我。"她脸上露出了我所熟悉的嫌弃的神色。那一刻，我好像突然就不怕她了，躺在ICU的父亲就像一把刀，砍断了我和继母的一切关联。

除了我和继母，大爷、二大爷、三大爷还有二哥的弟弟也都过来探视。村里人就是这样，虽然自顾不暇，但别家出了大事都还是愿意过来看一眼的。二大爷当时在内蒙古干体力活，吃了上顿没下顿。堂姐告诉我，他以为兄弟也能分到赔偿款，所以很积极地来了。真相如何我不得而知，但是他也帮忙操办了丧事，然后才离开。

曹大娘的三儿子三愣也过来探视了，他没有进去看父亲,只是过来和我聊了聊,其实我之前没怎么和他说过话,也不太熟悉。我把他的热情当作长辈的关爱。他邀请我一起去吃晚饭,我接受了,因为我好几天没好好吃饭了。他带我去了一家包子肉饼店,我们也没聊什么,快吃完的时候他说开车送我,于是我上了他那辆黑色的车,坐在副驾驶座。

车子发动了,那里很繁华,周围有很多车。他右手握着方向盘,左手夹着烟,漫不经心地说:

"咱们兄妹俩找个酒店好好聊聊吧。"

我的心莫名地抖了一下,五脏六腑都开始翻腾,我对世界的信任似乎在那一刻坍塌了。那年我十六岁,他三十岁左右,已婚,孩子比我小几岁。来不及思考,出于本能,我干脆利落地回答:"太晚了,我要回去。"

"那好吧。"他的口气难掩失落。

那一刻的记忆很清晰:黑色的轿车、周围闪烁的霓虹、车内狭窄的空间、皮革的味道,以及他漫不经心说出的话背后的险恶用心。我当时甚至已经在考虑,他会不会不让我下车,会不会非要带我去酒店,我又该怎么反抗。我只是个长相很普通的女孩,身材甚至可以说是有缺陷的,在医院好几天我一直穿着第一天来医院时穿的衣服:一条白色的碎花裙子、一件白色的半袖上衣和一双厚底凉鞋,虽然穿着厚底鞋,但一米四六的身高让我看上去还是像个孩子。他是在狩猎，猎物是我。在父亲奄奄一息的时刻，在我失去所有保护的时刻，张牙舞爪的怪物现身了。

后来我在医院徘徊了几天，每天吃最便宜的面包，也没怎么睡觉，我幻想中的父亲醒来的情节也并没有发生。终于有一天，穿着白大褂的医院领导把我和继母叫到一起，在一个干净宽敞的大办公室里，很正式地对我们说：

"没救了，放弃吧。"

"你们每天都在烧钱。"

我们不知道真实情况到底是怎样的，但专家们都这么说了，那应该就是事实。当然，也没有人问我的意见。从法律层面说，配偶才是有发言权的人。

父亲伤得很重，车祸发生之后，他就陷入严重昏迷，已经完全失去了意识。他的整个肺都被撞碎了，没有办法自主呼吸，五脏六腑都在漏血，全身的血管都开始阻塞，很难用药治疗，因为一边要疏通，一边要止血，也不能做手术。在ICU住一天要花七八千块钱，对我们这个家庭来说无疑是一笔巨款，我可怜的父亲一个月都没赚过这么多钱，却在奄奄一息、失去意识的时候住进这么贵的地方。

老天啊，哪怕让他再和我多说一句话也好，只需要一句话，我不贪心。让我和他好好地告个别吧，算是给我这个苦命人的一丝丝甜。

死 亡

很利索地,医生把我们叫进ICU。在父亲拔管之前,我可以见见他。我再一次握着他的手,它依然温热。

紧接着,一帮护士开始娴熟地拆除父亲身上的各种管子,我看着他的脸慢慢露出来了,胳膊露出来了,上身露出来了。是时候醒来了,爸爸,这个时候可以醒来了,我在等你。但我必须接受现实,我沉默地、呆滞地感受着外界发生的一切,不管是肉体还是精神。一切都发生得太快了,我还来不及幻想后面的剧情,这一幕就突然结束了。我完全不明白,为什么一个好好的人突然就变成这样了,这里到底发生了什么。

我站在病床床尾看着他们的操作。拆完管子之后,护士没有再给我们时间,很快来了两个高大的男人,他们带着一个黄色的、中间有拉链的袋子，一个人抬着父亲的脑袋，另一个人抬着脚，干脆利落地把父亲放进了袋子里，再把拉链从下往上拉住。

父亲的人生，就这样草草谢幕了。我和他之间那根一直在拉扯的亲情的绳子，断掉了，这世间再没有任何东西可以拽住我。

我突然回想起，离家出走的那晚，父亲在大马路上抱住我，哭泣着喊出的那句话：

"你走了，我怎么办？"

他们把父亲放在一个可以滑动的铁板床上，推到了太平间，我一直跟着。我所有的注意力都在那个袋子上，我不知道自己是怎么走过去的，怎么上的电梯。但是我知道，太平间很冷，充满了消毒水的味道，一面墙上有很多方格子。他们把其中一个拉开，再把父亲抬进去，然后咣当一声关上了格子门。他们的动作行云流水、毫无情感，显得我的痛苦和其他感情很多余。

大爷总是带着无奈的神情，痛恨地跟我说："那个王八蛋啊，你爸那一杯啤酒都倒上了，那个王八蛋就是催命似的不让喝，要赶紧赶马车干活。"就差那一口啤酒，也许喝了，父亲就会和死神擦肩而过，我的命运也会全然不同。

火化前，亲戚给父亲找了一位遗体化妆师。那是在一个小平房,父亲躺在房间正中的台子上,他换上了中山装,皮肤变得白皙,脸色看上去也很红润。我们给他买了一些"生活用品":冥钞、纸人、纸别墅等。我还提议,应该给他买一个"纸二胡",因为他很喜欢拉二胡。那一刻我意识到,原来人死了,可以比活着的时候体面。

父亲在世时,没几件衣服是干净的,只有过年的时候他会给自己买一两件衣服,其他的都是捡来的,或是穿别人不要的。他经常说"啥衣服穿着去工地都是糟蹋"。他就像一匹马或者一头骆驼,任劳任怨,背着行囊走,一辈子没有享受过。他抽两块钱一包的烟、喝最便宜的酒;他没吃过火锅和西餐,也不知道自助餐是什么;他没看过电影,没坐过飞机,没住过楼房,没有逛过商场;他没有穿过好鞋、好衣服,他就是地铁公交上那种蹲在旁边也不肯坐下来怕弄脏座位的农民工。我到现在都不知道,他的生活到底快不快乐,"快乐"这个词在我们当时的生活中是缺失的,它太昂贵,也许在穷人的字典里就不应该出现。

给父亲化完妆后,来了一辆黑色面包车,上面装点着白色的菊花,几个人一起把他放进车上的棺材里,棺材上贴着他的一张照片。车一路把他拉到了八宝山火葬场。大人们去办手续了,我就在火葬场的一个小亭子里等。八宝山火葬场很大,附近的环境很好,绿树成荫,爸爸能在这种地方火化也是一种福气,生在农村,死在城市。后来大人们陆续来了，包括继母，和我一起在这个小亭子里等，火化需要时间。继母拿着父亲那张贴在棺材上的照片，我说"给我看看"，她不情愿地递给了我。那是我仅存的、为数不多的父亲的照片，我一直保存到现在。

之后，父亲的骨灰被送过来了，用黑色的布包着。我们上了黑色面包车，我抱着他的骨灰坐在后排的中间。他的骨灰很轻，让我有种很不真实的感觉。面包车一路开回了康保农村。路上的五六个小时，我一直在想，如果父亲的骨灰在我怀里，那他的灵魂在哪里呢，他能不能跟上这辆车找到回家的路？

我们回到了农村的家。亲戚们说，骨灰不能进房门，只能放在院子的角落里，于是他们搬来一个凳子，让我把骨灰放上去。父亲就这样被留在了屋外。我又回到了这个没有多少记忆的农村的家。院子很大，有一排整整齐齐的房子，大概五六间，但只有其中一间能住人，其余的都快塌了。唯一能住人的房子是个套间，靠里的一间有张炕，还有一面老式柜子，用来放衣服和杂物；外间用来生火、烧水、做饭。由于很久没人回来住，房间里已经积满了灰尘，我和继母打扫了半天，才能勉强住下。外面院子我们没怎么收拾，到处都是牛粪，因为邻居看我们常年不在家，就把自己家的牛圈在我们的院子里放养。

我的三个大爷也都在，帮忙操劳丧事。他们请了一个农村戏班子，在院子里搭了一个舞台。时不时地，我就能看见他们穿着五颜六色的衣服、化着色彩斑斓的妆唱戏，还拉二胡、吹唢呐、打快板儿，他们唱的都是方言，我听不太懂，但是气氛很活跃，让人分不清这是喜事还是丧事。我也戴上了白帽子，穿上了白大褂，袖子上还缝了一块黑色的布，那是用来缅怀逝者的。

刚回来的一两天，我们还要守灵，说是我们，其实只有我。继母严肃地对我说：

"你要跪一晚上，不能睡觉。"

我听话照做了。直觉告诉我，我应该扮演一个孝顺的女儿，不能被别人骂没良心。于是我在膝盖下面垫了个垫子，一个人在院子里跪了好几个小时，从白天跪到晚上，粒米未进。旁边也有人走来走去，但他们好像都对此习以为常。对我来说，饿不是问题，但是农村的夜晚太黑了，我感觉后背发凉，实在不敢一个人跪着，再加上多日累积的疲劳，跪到一半我就去堂姐家睡觉了。

第二天举行出丧仪式。十个人左右，排成两排，从我家出发，由我抱着父亲的骨灰走在最前面。旁边有人举着高高的冥花架子，开始在村子里绕行，这是让逝者熟悉家周边的环境，从而找到回来的路。路边有很多村民，他们觉得很热闹。我站在最前面，好像突然不会走路了，不知道步子该怎么迈，是快一点还是慢一点。整个活动对我来

说就好像是一场表演,而我是一只被人操控的木偶。人们开始窃窃私语,我听到有人说:

"这闺女怎么不哭?"

我瞬间意识到自己的戏没有做足,我需要表演悲伤,甚至号啕大哭,我必须让别人看到有人会为父亲难过,会为他掉眼泪,我应该掉眼泪。尽管已经意识到了这一点,但我从小就习惯了让眼泪往肚子里流,我害怕、胆怯、不敢表露。我也不理解他的突然离开,我再次恨他,就这样离开我。也许流不出的眼泪是对他的惩罚和报复。堂姐看在眼里,替我干着急,和我商量能不能哭一下,可我就是哭不出来。在一堆村民的注视下,她窘迫得实在没办法,只能自己干号几声:"老叔啊,老叔啊,你记得回家的路啊。"

这么多的活动,应该挺费钱的,因为当我回到家里的时候,我看见几个大爷神色很焦急。他们对我说:

"你继母跑了。"

戏班子、厨子、参与出丧仪式的村里人,都是要收钱的。于是继母跑了,她不想掏钱。三个大爷面露难色,开始给我二哥打电话。

"王凤玲跑了。"

"跑哪去了?"二哥问。

"不知道。"

"没事儿,我现在打电话问问。"

中间的过程我不清楚,但二哥确实是个有本事的人,他一通电话,镇上的朋友就帮忙找到了继母。我坐在院子里,看到她像没事人一样回来了,坐到炕上。她的衣服上有土,我猜她可能是挨打了。这一切都发生得很快,我惊讶于他们解决问题的效率,也震惊于他们解决问题的简单粗暴。

接着,父亲的骨灰就要下葬了。有天深夜,我们到了一块离村庄很远、很偏僻的荒地,那是亲戚们请人选好的地址。我在旁边站着,把一直抱着的骨灰盒放进父亲的棺材里。人们开始挖坑。还好,那会儿还没到最冷的季节,土没被冻上,所以把坑挖好不需要很费力。

对一个十六岁的孩子来说,死亡,是一种抽象的感受,但在物理层面,在我所能看到的实际场景中,死亡变得越来越具体,也越来越绝望。那些被挖出来的土,一铲子一铲子地落在我脚边,坑变得越来越深。我心里又开始出现那种滴答滴答的倒计时的声音,和在医院ICU时一样。我意识到,这将是我和最爱我的人、这世界上唯一和我有联结的人最后的诀别时刻,从此以后将尘归尘、土归土。我的五脏六腑开始互相撕扯,我的大脑开始真正接收到死亡的信号,被迫去理解死亡所代表的含义。

坑挖好了,他们在棺材上系好绳子,四个人两左两右,毫不费力地将父亲抬起来放到了坑里,再将泥土回填。此时的我终于不需要扮演痛苦,而是切切实实地感受到了痛苦本身。一直沉寂的我,突然哇的一声哭了出来,眼泪像决堤的河水,倾泻而出,我大声喊着"不要,不要,爸,爸,爸……"跪在坑边,怎么也站起不来,我的心被撕得粉碎,如眼前的土一样,一粒一粒地和父亲一起下葬了。身边有人开始拽着我、拉着我离开,我又挣脱出来,想要跳进坑里抱着父亲。我这才意识到,自己根本没有准备好就这样和他诀别;没有准备好就这样孑然一身;没有准备好就这样成为孤儿,我还有很多话没和父亲说。

那撕心裂肺的一刻,在我心中是永恒的一幕,我永远忘不掉,也走不出来。某个部分的我,十六岁的我,感受到的委屈和恨,以及对父亲所有的埋怨,都与他一起留在了那里,只剩下爱和怀念,陪伴我前行。

父亲没有和我的爷爷奶奶埋在一起。大爷和三大爷都说:

"死在外面的,算是孤魂野鬼,不能一个人进祖坟。"

父亲一个人孤零零的,被埋在了很远的地方,甚至都没有墓碑。他的坟墓就是一个小土堆,有时候被牛拱平了,找都找不到。

之后,继母和我都回到了北京,我继续打工,而继母开始和肇事司机打官司。肇事司机来自黑龙江农村,出车祸之后就进了拘留所,他的哥哥帮着忙前忙后。其实,司机的哥哥给了我家两万块的丧葬费,父亲住院的时候他也给了一万多,还来医院请我和继母吃了一碗炸酱面,他看上去很和善。可肇事司机却通过律师放话给我们:

"我宁愿坐牢,也不会赔你们一分钱。"

后来,北京丰台法院开庭审理了继母和肇事司机,以及肇事司机所挂靠的运营公司之间的官司。双方都请了律师,开庭的时候,我去了法院,看到两个律师在走廊上唇枪舌剑,关于赔偿和判罚他们都有自己的理由。我们的律师说:"听法官的吧。"

最后,法院判处肇事司机和他所挂靠的企业共同赔偿我们将近三十万元,其中包括给死者唯一的未成年子女——也就是我——的抚养费。但这些与我无关,因为我当时十六岁,还是未成年人,抚养权在继母手上,所以她顺利地拿走了所有钱。这笔钱买走了我父亲的生命,留给继母一笔巨大的财富,也让我彻底自由。

继母贪念很大,虽然拿到了全额赔偿款,但当时父亲住院六七天花了好几万,她一点都不肯出。肇事司机给了一些,亲戚们借了一些,唯独继母没有掏钱。

亲戚借给她的钱她都没有还,我怕大爷会让我还,那可能有一两万块。后来,大爷把我们家的马卖了五千块钱抵了债。

父亲去世后,有一次我在公交车上,路过他们住的平房门口,看到继母坐在马路边的小板凳上,若有所思,不知道在想什么。那是我最后一次见到她。从那以后,她消失在茫茫人海。后来听村里人说,她嫁给了一个在北京卖驴肉的男人。

父亲没有留给我任何东西。亲戚说,你爸爸辛辛苦苦像牛一样,操劳了大半辈子,没有给自己闺女留下一点点东西。

当年的我并不知道父亲的离开意味着什么,只知道心中的感觉好像和电视剧中演的不一样。直到现在,我都无法自然地说出或打出"爸"和"妈"这两个字,因为我不懂它们的含义。但我是爱父亲的,虽然他已经离开很多年,但我一辈子都忘不掉他的眼神,甚至一想起,心里就会发酸,眼泪在眼眶中打转。他是那么温暖和慈祥。我是一个不轻易说苦的人,但是想到父亲,我总觉得,这人世间太苦了。

每当回想起他的时候,记忆中就会涌现出他蹲在墙角的身影,让我一次次心碎。我已经懂了,爸爸你不要难过,我会长大的,那时一切都会变好。后来我总在想,如果现在他还在世,他应该会很开心,我过着尚且不错的生活,有很好的伴侣,我身心健康。我也一定有机会带他去享受生活,我会给他买最好的牛肉驴肉,给他买舒适的秋衣秋裤,给他买好烟好酒,我想和他说话,我受委屈的时候,会告诉他,谁谁欺负我了……我知道有一个人会无条件地爱我。但是没有这种可能性,死亡是生命最大的敌人,因为它意味着彻底消散,意味着我们所牵挂的、惦念的,再也无处安放。

我的生活也在父亲离开后开启了闪烁着无限星光和焰火的征程。尽管我有着和父亲完全不同的人生路径和生活方式,但某种程度上我和父亲是一样的人,我们来自农村,靠着自己的勤恳,努力地生活。不同的是,我有着强烈而鲜明的动机,并且清楚自己想成为什么样的人。

你当

自打初一辍学,十三四岁离开学校、离开家,我做过形形色色的工作,从端盘子到卖煎饼,从收银员到客服。挣扎着生存的那段时光,对我来说是人生中的一个空白期,带着懵懂和混沌,我无法在学校完成的社会化,在真正的社会上被迫完成了。

我人生中第一次远离家,就是去山西太原一家饭店当服务员,端盘子,独立生活。

刚到饭店的时候,有经验的员工带着我先熟悉了一下工作环境。

"这边是包房,一般都是比较讲究的客人,要服务好。"有经验的姐姐说道。

"这边是咱们睡觉的地方,你就睡下铺吧。"

"领班住在那边的单间,有事可以去找她。"

这些话对当时的我来说很陌生。如果人生是一场一场的考试,那么这次我得了零分。辍学前,我刚上初一,心智还停留在音乐课上老师和我们一起唱"让我们荡起双桨"的水平。从学生突然转变为打工仔,我没有经历循序渐进的社会化过程,就像把一头没睡醒的小牛突然被丢到地里和所有的大牛一起拉犁,小牛不知道该怎么做,也不知道为什么要这么做,更不知道自己为什么在这里,它只能机械地模仿,它的四肢都像牵线木偶一样被操控,无法抗拒也无法脱离。小牛内心是空的,它的灵魂被上了锁。

工作的餐厅包住宿,员工住在地下室,里面昏暗无光,放了七八张上下床,每人一张床铺、一个枕头,床前有帘子,可以拉起来,能有一个自己的小空间,但是没有办法隔离空气,睡觉的时候总能闻到潮湿发霉的味道。平时大家下了班也不会在宿舍待着,只是回来睡个觉。我记得,不上班的时候,我总穿着短裤和短袖上衣,就是菜市场里卖的那种,我也没有像样的鞋,一直穿着一双像洗澡时穿的那种拖鞋。走在路上,我总觉得自己的样子很奇怪,像叫花子。

正式上班前,一个姐姐带我去菜市场买了一身衣服,黑色裤子和外套、白色衬衫、黑色鞋子。上班要穿这样的工服,可能因为我们那个饭店是机关里面的,所以比较讲究。

我所有的衣服都选的最小号，可我穿着还是大了些。

背了一下菜单，我就正式上岗了。我的工作就是给客人介绍菜品、点菜、端菜、在包房门口守着。清台的时候，通常需要两人配合，一人把上面的转盘翘起来，另一人把下面的桌布快速地抽出来，放在篮子里统一清洗。然后，拿块新的桌布一甩，干净崭新的桌布就铺到了圆桌上，那桌布可能比我的衣服还干净。铺桌布时的力道很重要，必须得甩得均匀，不然下坠的帘子不好看。我当时还没达到炉火纯青的水平，所以甩完之后还得调整几次才平整。

有时候客人点了一大桌子菜但没有来，聚餐取消，我们就可以和后厨的小伙子一起大快朵颐，上班的、没上班的都招呼过来，享受我们的快乐时光。还有的时候，客人点了一道菜却一点儿也没动，我们也会作为加餐，一起吃光。

最重要的是，一定要收好客人开完剩下的酒瓶盖儿、饮料瓶盖儿，这些可以算提成。有一次，一个客人点了一份清蒸八宝鱼，一百多块钱一份，结果后厨没有鱼了，我还跑腿去现买了一条鱼回来。还有一次，我差点得到了客人的夸奖，领班告诉我："刚才某某领导夸你站得很直，但紧接着你就抠了鼻屎。"

休息的时候我们会去附近的"铜锣湾商超"逛街，但并不会买什么，主要是跟着大姐姐们去网吧上网。我当时身边的同事有男有女，大部分都比较年轻，负责刷碗的阿姨年纪会大一点。其中有一个叫梁静的姐姐对我不错，还带我去她租住的地方玩儿，虽然整个房间推开门就是一张床。

尽管我们几个服务员过的是集体生活，但我并没有朋友，我可能从来就没有交过什么朋友。在打工子弟学校读书的时候，同学们今天来明天走，我没有人可以说话，也不知道该怎么表达。

我喜欢跑到附近的一个小公园里，放学时间那里有很多初中生、高中生经过，我就坐着看。他们穿着干净的校服，戴着耳机听音乐。我幻想自己是他们中的一个，任何一个人都可以，我有老师，有同学，可以和他们嬉笑打闹，可以读书写作业。生活在幻想中让我感到很满足，不需要思考自己是不是奇怪，也可以忽略当下缺失的东西。

因为经常去那里，我还认识了一个和我同岁的小女孩，她是跟着父母在那里打工的，个子和我差不多，眼睛也是小小的。她似乎有某种缺陷，所以面部表情显得不太自然。她会带我去她家看小狗，看她的作业本，有一次正好碰见她的父母，她骄傲地向他们介绍我：

"她是从北京来的。"

在此之前我并没有什么概念，不知道在北京长大意味着什么，但她的话让我隐约意识到，原来那也是某种特权、某种幸运。北京，对那些居住在偏远地区的人来说，犹如一颗可望而不可即的星星。而我和她的友情不知道怎么地突然就断了，大概是因为她家的小狗咬了我一口，我腿上有一块皮肤都紫了，吓得我不敢去找她了。

我在现实中其实没有遇到过什么坏人或危险的状况，但在互联网上，我遭遇过很多邪恶。也许戴上面具后，人们才能把内心深处的恶展示出来，毫不隐瞒。

在网吧聊 QQ 的时候，有一个男人对我说"让我看看你的胸"，我说我在网吧，他说："你只要假装弯腰就可以了。"

我照做了。网吧的摄像头像素很低，成像很模糊，再加上我衣领很高，对方可能并不会看到什么，但操控别人的快感一定让他很享受。还有一次，我躺在宿舍的床上，借同事的手机聊 QQ，对方（我不确定和前面的是不是同一个人）发消息给我：拍一下你的下体给我看看。我甚至都没问为什么，就跑去厕所拍了照片给他发过去，拍的时候还开了闪光灯。

那时的我太绝望了，太想要得到关注，想要爱。我没有基本的常识，无法辨别好人和坏人，所以把网络上那些遥远的、虚无缥缈的对话当作指引我的光。现在回望，我依然能理解为什么"她"会那么傻。

我们上班的时候可以吃大锅饭或客人剩下的饭，但不上班的时候是没有东西吃的。第一个月还没拿到工资的那些天,我经常饿肚子,后来即使拿到了工资也会饿肚子,因为不懂得存钱,一有钱就花光,去买衣服、吃好吃的。

有一次轮休,我躺在床上,实在是太饿了,饿得睡不着觉,饿得眼前发白。宿舍一个人都没有,于是我鼓起勇气,放弃尊严,到对面同事的床上偷点吃的,但是并没有找到。那种失落感、饥饿感,以及因为没有翻到食物而得以保留下来的一点尊严,我直到现在都清晰记得。那年我十三四岁。

因为没有手机,那段时间我很少给父亲打电话,我们几乎不联系。我好像变成一只断了线的风筝,没有人知道我飞到哪了。

服务员的工作只做了半年左右。也不记得是什么缘由,我又回到了北京,开始在二哥的一家小公司打工。那是2008年,我记得很清楚,因为某天夜晚,我曾试图从窗外看北京奥运会开幕式的烟花。很久之后我才知道,奥林匹克公园在北京的另一端,无论我再怎么伸长脖子,也不可能看见。

那份工作主要是打电话卖手机。上班地点在卢沟桥附近的一个小区里,二哥租了个两室一厅的房子,我们上班在客厅,晚上睡觉就在卧室。管吃管住,但是工资很少,我只记得有一次拿到了二百块钱。

当年,电视购物非常火爆,打过购物电话的客户会留下自己的号码,我们通过特殊渠道买到这份号码清单,再一个个给他们打过去。话术通常是:"您是×先生吗?我们这里有一款新手机,您要不要考虑?"这份工作迫使我与那些素未谋面的人进行沟通,尝试让他们信任我,并说服他们购买。可能在任何不同领域的工作中,沟通都是底层逻辑之一,这一点虽然我现在掌握得很好,但在当时,我与客户或同事的沟通都是很功利性的,对我的成长没有太大的价值。在这种关系里,我更像是一个行走的物品而不是人,因为没有人看见我。

我的同事并不多,只有五六个女生。记得有一次,一个负责做饭的姐姐让我去买菜,特意嘱咐我要买大葱,可我没找到,以为它不重要,就回去了。姐姐知道后立刻就出去了,亲自去买。菜市场很远,来回可能要四十分钟,但她还是去了。那一刻我好像突然懂了,为把一件事情做到完美而不妥协的精神。

我们几个人每天在小区里来来往往。有一次,保安问我:"你们是不是在这里做保姆啊?"他的话让我隐约知道,我们的形象并不是很体面。

当时我用一款旧手机和一个网友聊天,他是个上初中的男生。我觉得他很帅,而且和他保持联系,似乎让我又变回了学生。我印象很深刻的是,他对我说,家里人都不理解他,他不想上学,想赶紧去工厂打工。

我就那样坐在厕所的地上和他聊天,聊到半夜也不睡觉。炙热的白色灯光下,坐在马桶旁边的女孩,用全部的能量去安慰他,鼓励他好好学习。可这段网络情缘还是莫名其妙地戛然而止了,我们也失去了联系。这份工作也没有持续很久,因为我们并没有卖出很多手机,于是我又得开始人生的另一段奇幻漂流。

堂姐在通州的一个工厂打工,我和她说:"姐姐,你能不能给我也找个工作,我想离家远一点。"

后来堂姐在一个在暖气片工厂给我找了份组装的工作。我拎着一个只有几件简单衣物的小包,开始进厂打工。

那个工厂位于通州的郊区,周边几乎没有什么高层建筑。工厂的格局是方正的,有个大院子,里面是厂长办公室、员工宿舍、食堂和车间。同事都是中年人,我就和几位阿姨一起住在女生宿舍,睡上下床。我的同事们,那些叔叔阿姨,大多是把孩子留在老家,自己漂泊在外挣钱。我们每个月的工资有七八百块钱,他们一拿到工资就往家里寄,自己只留下一点点。他们勤劳、朴实,不会投机取巧,全靠自己劳动,每天干很多活,卸很多货,晚上睡个踏实觉,第二天起来继续重复前一天的生活。但他们这样的人——包括我爸爸在内,即使每天都这么辛劳,也很难过上很好的生活。

上班时,我会穿上统一的蓝色外套,戴上白手套。我的工作很琐碎,没有固定的职责,只要手不闲下来就行。

我有时负责拧连接白色暖气片的螺丝，有时负责把质检合格的小纸条分别装进小袋子，然后放在打包好的箱子里。偶尔我也会做一些有技术含量的工作，比如用胶枪连接塑料线。有一次，厂长在旁边看我干活，他很不耐烦地说：

"干得这么磨叽，太慢了！"说着直接把我的胶枪夺走了。

受到这样直接的批评，我脆弱的自尊心受不了。我偷偷扫视了一下周围，还好没有人看到。我就在厂长身边默默地站着，看他怎么做，因为我不知道怎么做才是正确的。我心里很委屈，站在那里像个被罚站的孩子，努力把眼泪憋回去。

我工作很卖力。那时我们经常要在晚上把新到的暖气片零件从大货车上卸下来，我都是干活最积极的，还会默默地数自己搬了多少个箱子。

我每天的生活很简单，日出而作、日落而息。冬天，我也就穿一件旧毛衣和一条长运动裤，里面套条秋裤。其实我有一件橘色的长款羽绒服，很新，是二哥的女儿卖衣服剩下的，给了我。后来那件羽绒服被我反复穿，有点脏了，可我不知道怎么清洗，于是打电话给堂姐。

"姐姐，羽绒服怎么洗？"

"等我去看你的时候教你。"堂姐说。

后来，堂姐来看我，在公共洗漱的地方，我倒了一盆温水，她把我的羽绒服轻轻地浸泡在水里，慢慢揉搓。这一幕正好被路过的厂长看到了，他一边走一边严肃地说：

"都多大了，还让你姐给你洗衣服。"

我当时十五六岁，平时不仅自己洗衣服，自己赚钱，生病了也得自己扛着。但我和堂姐都没有反驳厂长的话。他一定觉得我是个被宠爱的人，这让我心里反而有点窃喜，我最想得到的东西，在他眼中实现了。

不上班的时候，尤其是刚发完工资后，同事阿姨们就会去理发店烫发，有一个阿姨很喜欢把她的头发染成红色。而我，攒够了钱，就骑着自行车去手机店把我的砖块手机换成了翻盖儿的。那是我第一次给自己买贵的东西。

我还喜欢骑着自行车到处溜达。工厂周围有很多大马路，非常宽阔，两边都是树。我不会看地图，当时的手机也没有导航的功能。有一次，我骑得太远了，迷路了，找不到回工厂的路，只好给堂姐打电话。

"我找不到回工厂的路了。"我可怜兮兮地说。

"你在哪？"堂姐焦急地问。

"不知道，我对面有一个家具城。"

"你等着，我和你姐夫现在开车过去。"

于是我就在原地等着。等得太无聊了，我就打电话给之前的同事聊天，把手机聊没电了。堂姐联系不上我，但后来还是找到了我。

"你干什么呢？手机也打不通。"堂姐有点生气，耷拉着脸。我面露窘色没有说话。姐夫下车把我的自行车装到后备箱，然后把我送回了工厂。

流水线工作很枯燥，再加上每天听着身边叔叔阿姨们聊的家长里短，这样过了一段时间之后，我感觉好像变得和他们一样老了。

工厂附近有一家网吧。可能是机缘巧合吧，我闲逛路过的时候，恰好看到网吧门口贴了一张白纸，上面写着"招收银员"。我心想，这工作挺好的，可以免费上网，还能坐着。

于是我和堂姐说：

"我想换个工作。"

"干啥？"

"网吧收银员。"

网吧老板是辽宁人，我们都叫他付哥。他了解我的情况后，就同意我过来了，并给我简单介绍了工作内容。于是我辞掉了工厂的工作，开始做网吧收银员，也正式开始了新的生活。

和我交接工作的同事叫李兰，我们到现在也有联系。我的故事被媒体发表之后，她给我发了几条信息：

"你是我最佩服的人。"

"我是看着你成长的。"

"我和你交接工作的时候就发现,你非常聪明,学得很快。"

她来自大西北,当时家里有事必须回去,所以网吧要找人替代她的工作。后来我在快递公司当客服的时候,还推荐她过来工作。

在网吧上班不需要动脑子,只需要坐着按按键盘,以及熬夜。当时,我和另外一个女孩两班倒,她是老板的侄女。除此之外,还有两个负责修理电脑的网管,做饭的阿姨,以及老板和老板娘。

老板的侄女叫陈青,是一个大眼睛、瓜子脸的美女,虽然个子不高,但是非常机灵。我开始跟她学着化妆,打扮得很"非主流",我贴双眼皮、涂睫毛膏,还在下眼皮上涂亮晶晶的眼线,夏天也戴着一顶毛茸茸的帽子。我们会聊一些女孩子之间的话题,有一次她突然没来由地问我:

"来例假的时候,能干那事吗?"

"我不知道,应该不行吧。"

我们都住宿舍,在同一个房间,一左一右分别睡在两张单人床上。那个房子非常旧,水泥墙、水泥地,厕所只有一个坑和很小的洗手池,不能洗澡。另外两个房间住着两个网管和负责做饭的阿姨。

其中一个网管叫大力,身高一米八五,人非常瘦,像个电线杆。乍看上去他有点疯癫,说话也有点结巴,留一头长发，额前几根黏糊糊的刘海常常会遮住脸，但我知道那后面是一双温柔的眼睛。他经常问我，你你你你去去不去超市？然后他会骑自行车驮着我到附近的大超市逛一逛，虽然我们都不买东西，但我们都喜欢待在繁华的地方，一起观察来来往往的人，猜测他们是做什么的、来自哪里、有钱没钱。虽然我一直自卑，但是在他面前，我似乎并不觉得自己很奇怪，也不觉得自己是个异类。

网吧老板和其他员工基本都是亲戚，他们都来自辽宁，在北京落地生根。网吧的位置非常好，每天的流水有一两万块钱。

老板是个好人。有一次我值夜班，几个男女趁我睡着的工夫，把收银台抽屉里的钱偷走了。第二天，老板通过监控找到了那帮人，把他们叫到楼上。我不知道发生了什么，但我看见一个女孩流着眼泪走了，男的也是垂头丧气的。老板没有责骂我一句，也没有报警，而是用他自己的方式挽回了损失。通过这件事，我和他学到了，做事不做绝，给别人留后路。

网吧是管饭的，但我那会儿居然不喜欢吃东北菜，只喜欢吃泡面。被老板娘发现了，她问我：

"你每天不吃饭，都吃啥呢？"

"吃泡面。"

后来，他们看了监控后下来问我：

"你吃泡面,付钱了吗?"

我呆住了,确实没付钱。后来我就不吃泡面了,开始吃饭。

网吧的工作虽然需要上夜班,很辛苦,但比之前在暖气片工厂的工作要好很多。我再也不需要拧螺丝钉、搬运比我身体还大的箱子了。网吧收银员,只需要对着电脑,收钱、开台,工作简单也轻松。一天工作结束,我会细细清点卖出去的火腿肠、泡面、瓜子等物品,再加上客人上网的时长,算算账目能不能对得上。这是我最期待的时刻,因为有时候会莫名其妙多出来一些钱,可能是几块,也可能是十几块,我就会偷偷地把多出来的钱捏成一团藏在手心,然后慢慢挪到兜里,心里乐开了花。

不忙的时候我还可以听音乐、看电视剧,也是在那一年,我第一次知道美剧,第一次知道《越狱》。网吧附近有一所音乐类院校,来上网的俊男美女非常多,可能比我在其他所有地方见过的俊男美女还要多。他们心眼儿都不错,有时还会和我聊聊天。有一次,一个长得很像樱木花道的帅哥看我旁边放了一本关于表演的书。他说:

"你应该来我们学校上学。"

其实那本书是别人落在这儿的,但我的理解是,他把我和他们视为同类。

有时候我也会搞一些小的恶作剧来打发时间,我用收银台的电脑给网吧所有的机器发送小弹窗,通知一些无关痛痒的小事,比如谁的饮料落在前台了,谁的钱包没拿,等等。有一次一个客人过来拿他落下的东西,凶巴巴地对我说:"你弹窗把我直接弹死机了。"弹窗会使机器卡顿,客人最担心出现这种情况,但我心里觉得很好玩,有人和我说话,甚至有人"怕"我了。

在网吧工作的时候,我有了一次昙花一现的爱情。他是那所音乐学校的学生,二十岁上下,留一头卷卷的短发,一米七五左右,很瘦。他每次来上网都喜欢和我聊天,还加了我 QQ,对我说:"你做我女朋友吧。"

我想都没想就答应了,对于那个一直活在自卑中的我、身高不到一米五的我、看上去永远像个小朋友的我,当有人用一种成年人的、爱慕的眼光来看我的时候,我会毫不犹豫地满心接受。现在想想,对方只是随口一句话,我却把它当作真爱。我们的感情并没有持续很久,因为我发现他有别的女朋友,他只是逗我玩儿。在很久不联系之后,我突然接到他的电话:

"一起吃个饭吧,我要回老家了。"

"不吃了,就这样吧,我对你怎么样你知道。"

我人生中的第一次恋爱,一段开头和结尾都很随意的感情,就这样终止在一通电话里。

一段时间之后，我实在受不了在网吧每天熬夜的工作，便开始寻找别的机会。我陆续试过鞋店售货员、银行外包客服、卖手机的电话销售员的工作，最后选择做电话销售。因为鞋店售货员要一直站着，我觉得太累了；银行的外包客服需要有固定的话术，对每个客户说的话都一模一样，说每一个句子都要抑扬顿挫，像机器人，我做不了。而电话销售的工作我之前做过，比较熟悉，它不需要面对面交流，电话那端的人看不到我的样子，这会让我很有安全感。

找新工作期间，有一家公司通知我去面试，当我费了九牛二虎之力终于到达目的地的时候，才觉得这地方不该来。那个公司太偏远了，一边是望不到头的树林，一边是高速公路上的加油站，几乎看不到几个行人。可能是一种底层视野，也可能是出于本能，我隐约意识到，那地方不太对劲，不能去。于是我立刻到马路对面坐上了返程的公交车，心里一直在后怕。由于慌张，换乘的时候发现，公交卡不知道丢哪了。站在马路边，我心里盘算了一下：陌生人借钱给我的可能性几乎为零，我很可能会被当成骗子，于是，借助非常有限的文化和认知，我去找了警察。我不太好意思和警察说自己身上一分钱都没有，公交卡丢了就回不了住的地方，所以就说我的钱和公交卡一起丢了。那是一个和蔼的、胖胖的警察。他很温和地问我，需要多少钱才能回去。我说只要五块钱就可以了。他从自己的兜里掏出来五块钱递给我,说:"快回去吧,路上可别再丢了。"

之后我就进了一家公司做电话销售,身边的同事都是年轻人,老板也是一对夫妻,他们是很好的人,我父亲住院的时候他们还特意来医院给了我几百块钱。其实他们完全没有这个义务,我知道那是他们的善意。

在那个变动不居的时期,搬家已经成为我的生活常态。有的工作包住宿,有的不包,我没什么行李,所有的家当也就是几件衣服,两个塑料袋和一个背包基本就能装下,打个三轮小摩的就可以搬走了。

在换工作的间隙——应该是十七岁左右——我第一次尝试了做自己的买卖。当时我留意到,每天早晨上班的路上都有几家卖煎饼的,我简单算了一下,一张煎饼两块五,成本七八毛,一天如果能卖出去五十张,就有一百多块钱;能卖出去一百张,就有两百多,扣除成本每天大概能赚两百块钱,而摊煎饼这个活看上去非常简单,我就萌生了这个念头。

我立刻去买了一辆二手的人力三轮车,只花很少的钱就改装成了煎饼车。简单学习了摊煎饼的方法,我就开工了。生意最好的时候,从早上到中午能卖三十张左右,能赚四五十块钱,一个月下来也有一千五,可比我当时打工的收入高多了,在网吧做收银员的月工资只有七八百,工厂打工就更少了。有时候一天能卖出五十多张，赚得就更多了，所以那段时间，我的生活很规律，早上和中午出摊，下午买菜、洗菜、准备材料，其实不怎么累。

但我还是没有干多久，因为太无聊了，没有人可以说说话，一直摊煎饼都要摊傻了，而且那辆人力三轮车对我来说太高了，我身高一米四六，坐在椅子上，脚都够不着脚蹬，我还得略微站起俯身去够脚蹬，那个姿势特别难受。

但是这个成本不足千元、耗时短短一两个月的项目，至少教会了我两件事：第一，用小本生意试错，可以极大地锻炼自己解决问题的能力，比如怎么买小推车和设备、怎么攻克技术难点、怎么选位置、怎么躲城管。第二，了解金钱，了解成本和收益，学会收支平衡。那段时间我每天都记账，进货花了多少钱、卖了多少钱，都有记录。那是我第一次真正对金钱有了概念，以前都是赚了就花。

在那个漂泊的年代，我就是自己最好的朋友，也许"浮浪人"这个名字最适合那个时期的我。刚出来工作时，我最高兴的一点是终于离开了家、离开了继母。我很幸运，一路上遇到的都是很好的人，正直的厂长、通晓人情世故的网吧老板付哥，以及我的所有同事，他们对我都非常友善。我也从来没有觉得辛苦，我用自己的双手劳动，养活自己，这是一件很光荣的事情。

傻 子

在早期的所有打工经历中,有一份工作令我记忆尤为深刻。

有一个节假日,我想找点零工赚钱。在某个同城网站上,我看到一则招聘信息,是发小广告的,一天工资一百块钱左右,我觉得很理想,第二天就坐地铁去了指定的集合地点。那是个繁华的商圈,应聘者中有很多二十岁左右的年轻男性,负责招工的人年纪也不大,三十岁左右。人到齐之后,领头的人拿出一只黑色的袋子,给了我们每人两盒印着广告的卡片,说:

"把这些发完,就可以拿到钱。"

我当时觉得这事很简单,就那么一点卡片,应该很快就能发完,这钱也太容易挣了。卡片上印着"上门服务,打电话"的字样,还有彩色的美女照片,但我并不懂那是什么意思。

安排好工作,老板开了一辆白色面包车,把我们送到一家高级宾馆的门口。他没有下车,只是在车上嘱咐我们:

"上楼之后把卡片塞到房门底下就行,发完之后给我打电话,我过来接你们。"

我们几个人就下了车,顺利进入宾馆,并分头行动,坐电梯到不同的楼层。我负责其中一个楼层。那个宾馆的走廊上有红色的地毯,两边墙上还挂着复古式灯台。我做事向来利索,蹲下来挨门挨户地把卡片塞进房间。

但还没有发几张,保安就出现了。他冲我大声嚷嚷:

"你干吗呢?赶紧过来!"

被他带下楼后,我才发现其他小伙伴都已经被揪到一楼的楼道了。保安说警察马上就到,大家都有点慌,有个大哥立刻给老板打电话,慌张地说:

"警察要过来带走我们,你快来接我们。"

老板说:"等着啊,我马上来。"

可没等来老板,警察来了。两名警察开着一辆警车停在宾馆门口,一名在车上,另一名让我们排着队挨个上车。坐在副驾驶座的警察训斥我们:

"你们不知道发色情小广告是违法的吗?"

我后来才意识到,人怎么会这么傻,没有基本的法律常识,被人骗了还帮人数钱。但有些人,就是可以傻到这种程度。

从宾馆去往派出所的路上,警察依次问了车上每个人的身份证号码,并做了登记。轮到我的时候,我说我不知道自己的身份证号码。警察不屑地问:

"你连你自己的身份证号码都不知道?"

到了派出所后,警察把其他人叫走了,让我坐在办事窗口对面的椅子上等着。我一直等啊、等啊,脑子里又开始幻想很多场景:我会被抓进去吗?监狱的女犯人是不是都要剃成光头,那我还能见人吗?她们会不会欺负新来的?可能也不会把我怎么样,毕竟我还是未成年人。也许,他们还会派辆车把我送回住的地方,不然这么晚了,我怎么回去呢?那我在车上,就可以看看城市的夜景了,还挺浪漫的……我就那么无聊地坐着瞎想。派出所的椅子很高,我的脚够不着地,就前后晃荡着,好像在悠闲地度假。大厅里摆着一面巨大的警容镜,我还走来走去照了好几次。

一直等到接近零点时,来了一位警察对我说,你可以走了。我心里有点失望,他们并没有派车把我送回去。我故作淡定地缓缓走出了派出所,直到回头已经看不到派出所时,我才卸下伪装,那种窘迫、害怕、难为情的感觉才慢慢涌上来。出来之后,我都不知道身在哪里,向路人打听了地铁站的方向，就一路狂奔。马上就要过零点了，我必须赶上最后一班地铁，那就是我的挪亚方舟。过了零点，灰姑娘就会从美丽的公主变回原来的样子，而我，则会露宿街头。

深夜，霓虹，都市，街头，女孩，奔跑，这些元素组合在一起的画面似乎有点唯美。加速的心跳、瞬间飙升的肾上腺素和多巴胺，对那个用尽全力奔跑的女孩来说，是在平淡如水的生活中增添了一点点惊喜和快乐，也是在荒凉的记忆中留下了一抹彩色。

幸运的是，我赶上了最后一班地铁，但没有赶上换乘，我只能改乘公交车，下车后又步行了一段，才到达住处。

后来我打听到，和我一起发小广告的那些年轻人，被拘留了五六天，而我，因未成年，免于被追究责任。

现在回想，我当时的无知，主要还是因为没有得到充分的社会化。我活在自己的理想世界里，没有建立起自己的道德准则，分不清是非和对错。可那些年轻人呢，他们比我大，却也不懂法。

直到现在我都很好奇，在校的高中生和大学生是不是都很清楚这种行为是违法的？他们所接受的教育中关于社会的部分有多少？我没上过高中和大学，社会就是我的大学，形形色色的人就是我的老师，生活中面临的危险，克服的困难，以及因无知而犯下的错误，都是我在社会大学所完成的作业。

我不知道当年和我一起发小广告的人们现在怎样了。我想起之前去成都爬山,带领我们的向导是四川的藏民,家在四姑娘山镇,他说要为刚出生的女儿多赚钱,将来报两个补习班,不然大山里的藏族女孩儿进入社会后生活更不容易。还有一个阿姨,是我买煎饼的时候认识的,她说她不敢看短视频,怕上当。

我想,这就是为什么我们要心存善念,对那些遭遇不幸的人要多一些同情和善意,并且在自己力所能及的范围内为他们提供帮助,因为,不是每个人都有条件、有能力做出正确的判断。无知是一种弱点,而不是罪恶。

疯 子

由于年纪太小,我也曾陷入危险而不自知的处境中。

在网吧做收银员的时候,我认识了一位姐姐,她姓刘,应该就是附近那所音乐学校的学生。她身材高挑,大眼睛,瓜子脸,留着短发,喜欢穿五颜六色的带流苏的裙子,看上去有点像少数民族。她经常来上网。有一次她开心地对我说:

"我在天津开了一家服装店,你要不要过来帮我看店?"

我毫不犹豫地答应了。在我看来,看店至少是属于管理层的工作,无论如何也不会比我当下的境况差。那时的我就有向上爬的本能。

于是，我和网吧老板说我要去看服装店了，他很爽快地同意了。和以前一样，我的行李很少，装了一个小包就走了。

我们从北京火车站出发去天津静海。刘姐买了两张无座的火车票，我们就站在过道上，趁别人离开座位的时候，稍微坐一下。一个多小时后，我们到了天津静海站。出火车站之后，她打了一个摩的，把我带到了一个村子的一座平房前。

那个平房比我家农村的房子好一点，是用红色砖头砌成的，有个很小的院子，里面有三四间屋子。她告诉我那就是住的地方，我第一次感觉到这里有点诡异。

她指着床对我说："你就睡这里。"

那是一张双人床大小的床铺，但上面摆了五六个人的枕头和被子，一个挨一个。她说我可以睡中间，我第一次意识到自己身材瘦小的好处。床的上方挂着很多塑料袋，里面装着衣物。随即，其他女孩子们进来了，刘姐很热情地介绍我和大家认识，她们年纪都不大，也就二十多岁，对我非常热情，当晚还给我打了刷牙水和洗脚水。她们把我称为"家人"。

第二天，我在另一个房间见到了所有的"家人"，我们要一起吃早饭。用铁饭盆分装好的大米粥已经被放在了长条桌上，两边各有七八个小板凳，主位是"领导"的。

我按照刘姐说的，坐在了一侧靠中间的位置，对面坐的都是男青年，看上去也都是二十多岁的样子。然后，留着齐刘海、齐肩发的"领导"出现了，她的年纪看上去略微大一点。她没入座之前，所有人都不能动筷子。她的面前摆着一碗神秘的食物，用一个小铁碗装着，上面还盖着盖子。她先轻轻地掀开盖子，喝了一口汤，然后慷慨激昂地说了一段话，才招呼我们吃饭。整个流程十分冗长。

饭不是白吃的。吃完饭，我们开始在一个房间里上课，墙上有一个白板，上面画着一个金字塔结构的模型和一些数据。我们坐在铺着凉席的地上，旁边的人仰着头，听得很认真，我却听得云里雾里，昏昏欲睡。上完课后，还要去"访学"。十来个人，浩浩荡荡地走在农村、乡镇的路上，穿过热闹的市场，旁边的人都对我们投来异样的目光。

虽然在那里待的时间很短，但我还见识过一场大型会议。那次，上百号人集中在一个废弃厂房，听两男一女三个"导师"讲课。我因为个子矮，站在最前面，看得格外真切。女导师染着一头黄发，穿一件豹纹衬衫，浓妆艳抹，一边低头转动脖子一边疯狂地甩头发，大声吆喝。男导师站到人群中间，指着自己的腰带说道：

"你们看我这皮带，好几万呢。"

之后，几个人你一句、我一句，分享他们如何发展成员、如何走到"行业顶尖"。我觉得无聊，身边的人却好像听得入了迷，他们个个神情亢奋，脸上露出如痴如醉的表情。

我觉得他们简直是疯了。直觉让我只想立刻逃离，虽然那时我并不了解他们是在做什么，但我清楚地知道，那里不是我应该待的地方。

第二天吃早饭的时候，我穿了一件黄色的小吊带和一条长裤。对面的一个男生打量着我说：

"你觉得你穿成这样合适吗？"

还没等我回话，他轻蔑地笑着说：

"你这样的，出去卖都没人要。"

我的心好像突然被狠狠地抽了一鞭子。他用一种打量商品的眼光看待我，用充满恶意的语言评价我、侮辱我，仿佛我是一个物件，而不是人。我看着他，一句话都没说。我没做错任何事情，却不知道该怎么反驳。如今再回看，我那时的沉默是对的。对那些想污蔑你、欺负你的人来说，任何反驳和解释都是多余的，我们应该把心力花费在给予我们积极能量、爱我们的人身上。

后来，我对刘姐说：

"让我走吧，我真的不知道在这里能做什么。"

她干脆地说："行。"

仔细想想，我除了在那里蹭吃蹭喝之外，确实没有任何价值，我孑然一身，没有亲戚、朋友、恋人，甚至都没有父母，更没有钱，我连一张火车票都买不起。

回到北京后,我借宿在之前的同事家里,再也没有听过刘姐的消息。

那个时期,我对世界的经验非常有限,对所有的事情都充满新鲜感,善恶、是非观念也不明确。如今,每每看到新闻中一些年轻人做了匪夷所思的事情,我都会觉得,他们的本意或许并非如此,只是在无意识中被推着走,又没有人能拉他们一把。他们就像骆驼一样。我是幸运的,没有遇到过真正的坏人,即便是那位刘姐,最终也还是痛快地给我买票,送我离开。我想,我对世界的信任,对身边人的善意,对光明的追求,或许在很大程度上来自我所接收到的各种各样的善意。

这是一段充满魔幻的经历,对比我现在的生活和身边的同学、同事,就像是黑与白、日与夜,像是两个完全不同的世界、两条永远不会相交的线。但这条漫漫长路,我独自走了过来,身心健康地站到了现在的朋友们的面前,千里迢迢、历经艰辛地和他们的人生相会。

骆 驼

整个未成年时期,我都像一头骆驼,被命运推着走,对自己想要什么没有任何意识。我只是脖子上挂个脑袋的工具人。生母的抛弃,继母的虐待,父亲的去世,好像是悬挂在我心里的三块巨石,一不留神它们就会掉下来,在我心里砸出一个洞。我小心翼翼地和它们相处。在这些过程中,汗水和泪水注满了我的生活,是我身上背负着的仅有的东西。

父亲离开的时候,我并不了解死亡的含义,很多情绪都没有得到释放,我只想逃离家庭。父亲在世时,我不了解他,我们就好像最熟悉的陌生人。我们没有认真地倾听彼此,没有深入地交谈。我甚至想象不出如果他尚在人间,我们会有怎样的情感联结,因为我不了解他的内心。这对我来说是另一种遗憾。我对父亲的记忆很浅，我很怕，我年纪越大，这些记忆会越模糊。

偶尔在梦中，我会再次见到父亲，但他的身形常常是模糊的，很少看到他的正脸，也从未见过他的笑容，只有一个黑黑的影子。而那些梦，多半像是打打杀杀的武侠片，我手持宝剑，带着父亲飞檐走壁，在残垣断壁中，在地洞里、房顶上、墙根下，我总有一种感觉：我要保护他，有人在追杀我们。有时我会在恐惧中惊醒，这可能源于父亲去世时我心里积压的那些没有及时处理的情绪。它们会时不时地，在不恰当的时间和场景里冒出来。听到某段旋律，看到某样东西，我会突然想到父亲。有时候，我会盯着一扇门发呆，那一刻我好像回到了小时候：我在家里坐着小板凳，门突然被推开了，一股冷气扑进来，父亲穿着旧旧的军大衣，胡子和睫毛上覆盖着冷气凝结的冰霜，走了进来。我赶紧给他倒上一缸子热水……可是不管我再怎么想，他再也不会走进来了呀。

偶尔，不太熟悉的朋友会问我：

"你的父母在哪儿？"

我不知道该怎么回答这个问题，我怕如实说会让气氛突然变得尴尬。所以我通常会含糊其词地说：

"我的父母生活在老家。"但这种回答往往会引发更多的问题，我需要做出更多的回应。

有时我会思考，我们到底要如何理解命运。父亲的离开是一件随时会让我掉眼泪的憾事，但同时，在某种意义上，他也成就了我。我想，当家庭对我们的伤害大于庇护时，切割或许是好的，但主动切割很难，人毕竟是血肉之躯。所以命运让我完成了这样一种被动的切割。如果父亲还在世，他和继母会不会让我早早结婚生子以便获得彩礼？他们会不会干预我的每一个决定？我是不是一生都要像骆驼一样被驱赶着走？

身边的朋友总会和我聊到，他们的父母如何强势、如何干预他们的生活。我总觉得，和父母保持适当的距离是人成年后很重要的事情，这是一种真正的独立，因为血缘的联系太强了，一旦离得近了，就很难保持自己的界限，很难分辨出究竟哪些是我想要的、哪些是父母想要的，也不清楚我被什么驱动着，是内心还是外部的力量。

继母虽然带给我最多的痛苦，可当回望童年，她的脸在我记忆中闪现时，就像一张被反复揉搓后再打开的纸，那一道道皱巴巴的折痕，是她过往生活中积攒下来的无以消解的苦难，这让我没有办法恨她。也许恨一个人比爱一个人需要付出更大的能量，却并不会使我们的生活变得更好，只会让我们坠入无尽的深渊。人生太苦了，我们扛的东西越少越好，那些已经发生的、无法改变的事情，就放下吧，然后轻装上阵。眼睛长在前面，就要向前看。

刚进入社会的时候，我每年都会换很多份工作，做过服务员、电话销售员，在工厂装过暖气片，在网吧做过收银员，还摆过煎饼摊，但那些经历对我来说其实是很空洞的，因为我就像一个提线木偶，被人拉扯着、操控着游走在不同的演出场所，我的内心被痛苦和自卑填满，却不懂这一切的意义是什么。

现在回想，那个阶段的经历让我获得了最宝贵的东西，就是独立，它有种强大的能量。我自己行动，自己赚钱，自己解决问题，自己面对形形色色的人，并且给予回应，哪怕还不懂得思考，也一定要做些事情。

如今有很多人惊讶于我的表达能力和沟通能力，我想，这应该得益于那个时期的磨炼，虽然脱离了书本，但我能够在实践中学习并得到成长。从此，生活本身就是我最好的老师，我就是自己最好的朋友。

第二部分

狮子

就在这最寂寥的荒漠中,第二种变形产生了。
在这里,精神变成了狮子,
它想争取自由,并主宰自己的荒漠。
在这"你当"的沙漠中,狮子的精神却说"我要"。

——
弗里德里希·尼采《查拉图斯特拉如是说》

"妈"

这段经历发生在我十六到十七岁之间。我对时间没有确切的概念,大多数时候,我的记忆里没有季节,没有冷热,我只能记住那些感觉,那比时间更重要。我努力回忆并诚实地把它们写下来,尽管我可能做不到毫无保留,但请原谅我,我写下的每一个字都好像一片片碎掉的玻璃,插在我的心口上。有时我觉得这些事情过去了很久,有时又觉得它们好像就发生在昨天。可我知道,如果我现在不说,可能就再也没有机会说出来,也再没有勇气说出来了——这对故事里的每个人都不公平。我感谢他们,爱他们,尽管这无法成为我无辜的证据。我曾经什么都没有,没有人告诉我对与错,我也曾经不允许任何人告诉我对与错。这段经历只会出现在这里,也只能出现在这里,我不会让它弥散到别处。现在请你好好看看，我的人生，过去、所有；请你看看，这世间到底有多少辛酸，多少无知，多少伤害，多少痛苦，多少眼泪，多少愧疚，多少我们永远无法回头去改变的事情；请你看看，如果这里将有一场审判，那它会从谁的身旁轻拂而过，又会在谁的头上丢下一把尖刀。

大概是在2009年中，我认识了生命中第一个真正意义上的男朋友C。那时父亲还在世，但由于当时我和父亲的疏远，所以父亲并不知道C的存在。最初和C认识是因为我们在同一个地方上班，都在做电话销售。同事们也都是年轻的小姑娘、小伙子，大家都没怎么读过书。

我最开始注意到C，是因为我觉得他像大哥哥一样，带给我很多的安全感。他当时二十五岁左右，身高一米七几，长得浓眉大眼，性格非常憨厚。我们上班的地方有一个很大的单人沙发，有时候午休我会躺在上面睡一会儿。有一次C也过来了，就躺在我身边。我不记得，究竟是我主动靠近他，还是他主动靠近我，总之，我们离得非常近，我能感觉到他的体温和呼吸，能看清他的睫毛和喉结，我也感觉到了同事看我们的目光，那让我有一种羞耻感，同时也有一点窃喜。当时，我真的很希望有人喜欢我、爱我，我也很想证明这一点。

我们当时都租住在一个小院子里。小院子里有很多平房，每间的月租大概一两百块钱，住在里面的也都是同事。我租的房间里只有一个小的单人床和一个洗手池，以及一张小桌子。C和他的妻子就住在我的隔壁，他们有一个三四岁的女儿，留在老家跟着C的父母一起生活，他们夫妻二人在北京打工赚钱。同住一个院子的同事们，没事就会成群结队地出去玩。大家受教育程度都不高，平时也没有什么高雅的活动，就是骑着自行车瞎逛，或者去河边玩儿。

有一天，我发烧了，躺在自己的小床上，流下的汗水几乎打湿了整面枕头。那一刻我感觉自己是一个即将溺水的人，失去了活着的能力。我不记得那一天究竟是在父亲去世后，还是父亲还在世时，可这似乎也没有什么不同。迷迷糊糊中，我看见C进来了，他拉了把椅子坐到我的床边，用手摸了一下我的额头，然后就站起来准备离开。我当时的意识不是很清晰，也可能是清晰的，我只是装成一个将要溺水的人，拼命地想要抓住一根绳子。哪怕他只停留了很短的时间，我也觉得自己的痛苦好像减少了。房间里多了一个人，连空气都变得温暖了，可他马上要走了。他站起来的一刹那，我突然拉住他的手，说：

"你能不能留下来陪陪我？"

其实我并不知道自己在做什么，也不知道为什么要这么做，可就在他即将离开的一刹那，我想要做点儿什么。我失去了理智，用一种自我毁灭的方式，一种堕落的方式，一种逃避的方式,来缓解我所有的痛苦。那是一种对命运的叛逆和反抗,我无法控制。就算再给我一次机会,在那样的心智水平下,我可能还会做出同样的选择。

之后,C就和他的妻子离婚了。具体发生了什么我不太清楚,总之一切都很平静。他的前妻回了老家,后来应该很快再婚了,他的女儿则继续跟着他的父母一起生活。我们也正式在一起了。我基本上是个没爹没妈的孩子,所以他很快就带我回了他的老家,见了他的父母。那是在远离北京的一个山沟沟里,我们需要坐火车到市里,从市里坐大巴车到镇上,再从镇上坐面包车到村口,最后步行一公里左右到他们家。

那里就是很常见的北方农村。他家的院墙是用土砌起来的,房子是用砖盖起来的,门口有几棵稀稀疏疏的树,院子一侧种点菜,另一侧养着鸡鸭,过年的时候宰了吃。正对着院门的是三间房,一间是他父母和孩子住,当中一间放的是用来生火做饭的灶台,另一间就是我们的房间。房子外面的山上种了很多小苹果,也长着各种各样的蘑菇,丰收的季节我会和他父母一起下地干活。

第一次见到他父母的时候,他父亲的脸冷得能刮下霜来,老人觉得这一切都很荒唐。但他母亲很快接受了我,也许是看我可怜,也许是看她的儿子已经下定了决心,再不同意也没什么用了。她爱自己的儿子,所以也打算试着爱我。她是一个勤劳善良的女人，基本上一直在家种地。他父亲早年一直在内蒙古的煤矿工作，年纪大了才回到农村和他母亲一起种点苹果，每年大概能赚几千块钱。我也曾带他见过我堂姐和姐夫。姐夫很喜欢他，觉得他憨厚、老实、可靠。堂姐却打趣说："从哪里领回这么个木疙瘩？"当然我不敢告诉他们，他有个孩子，还有个前妻。

曾经有一段时间，我一直住在他家，所以和他父母也渐渐熟络了起来，为了尽可能地抓住这点温暖，我也会喊他们"爸""妈"，尽管这对我来说没有任何意义。他母亲曾让他女儿喊我"妈"，他父亲每次见状都会摇摇头。我和他父亲之间很少说话，虽然那时我不懂，可他父亲似乎早已预感到了我们的结局：一切都不会长久。

尽管我是这个家里的外来者，可他们一家人对我都很友善，让我感觉到了一点家庭温暖。渐渐地，他女儿开始喊我"妈"。当时我十六岁，并不太懂，就稀里糊涂地答应了。我心里其实也挺高兴的，好像我在这个世界上终于有亲人，终于有人依靠我了。小女孩每次看我的眼神都让我觉得，原来这个世界上还有美好的事物。我小时候在空房间里的幻想都实现了，甚至加速实现了——我直接有了一个孩子。

我和C曾一起在河北的一个小村子里短暂地住过一段时间。那附近有很多工厂。我们租了一个大院子，里面大概有三间房子，中间的那间房用来放饭桌、当厨房，右边的房子上了锁，我们只能用左边的房间做卧室。院子里还种了很多月季花。刚到那儿的时候，我没有工作，白天大部分时间都待在家里。有时正做着饭，会突然从房顶上掉下几只蝎子，透明的，带着大大的钳子和长长的尾巴。我听说蝎子是很名贵的药材，可惜我实在没有胆量去抓，只能把它们赶走或者拍死。可能是因为房梁都是木制的，所以小动物也喜欢在上面安家。

搬到那里，是因为他的叔叔给他介绍了一份在工厂的工作，打磨铁板或者和机床打交道，具体做什么我也不太清楚。他需要上夜班，所以晚上我经常要一个人睡觉。一个大院子里只有我自己，我很害怕，就把所有的灯都打开，然后竖起耳朵，小心地留意着周围的任何动静。有时我一个人待得实在无聊了，就去附近的农田里走一走。我听说外国人都会晒日光浴，所以有一次趁着阳光好，我在院子里把自己脱得精光，躺到一颗大石头上晒太阳。院子的围墙够高，能遮挡住外面的人的视线，可我还是觉得有些害羞，没晒几分钟就回房间了。后来，我找到了工作，是在村口的一家网吧，不过我只干了几天就不敢干了，因为村里有一些小混混，经常来上网不给钱，每次我都得给老板打电话，老板说，没事，算了吧。可我还是觉得害怕，就离开了。再之后做过什么我已经记不清了。

那附近还住了一个C的同村好友，年纪和C差不多，二十四五岁的样子。他媳妇也没比我大几岁，瘦瘦矮矮的，她好像突然间就生了一个宝宝。我坐公交车去探望，还在村口给她买了几个卤猪蹄。他们租了一间十几平方米的小房子，放了一张双人床、一张婴儿床，还有一个堆满杂物的柜子。刚踏进房间，她立刻就把儿子抱过来给我看。宝宝应该还没满月，脸上红彤彤的，没几根头发。她看孩子的眼神让我感觉，那一刻她周围所有的一切都消失了，她眼里只有儿子，而我也只看到了他们母子俩。那是我第一次近距离接触小宝宝，也是第一次有身边的"朋友"变成了母亲。那一瞬间我是嫉妒的，为什么她有、我没有？可瞬间我又觉得平衡，因为她要一个人照顾儿子，她丈夫是卡车司机，经常跑长途，一个月可能有一半时间都不在家。她确实需要一个孩子吧，不然怎么度过漫漫长夜呢？

那时的我情感需求非常强烈，几乎是贪婪的，我时时刻刻都要和C在一起，他还因此被同村的哥们儿笑话："你真是被媳妇拴到裤腰带上了。"有一年我们回农村帮他父母摘果子，在他家里住了一段时间。有天我突然意识到，已经两个多月没来月经了。

他骑着摩托车到镇上买了验孕棒，我果然怀孕了。他父母好像并没有多说什么，似乎这是一件很自然的事情：有了，就应该留下。C也没有说什么，他们都没有说什么，所以我也觉得，这就是一件自然而然的事情，我不需要做什么——没有去医院，也没有去检查，我们什么都没有做，我甚至觉得也许有一天孩子会突然从我身体里掉出来。可，也许是命运吧，命运挥了挥手，说，她自己还是个孩子。

有一天，和往常一样，我带着他女儿出去玩儿。我们走在农村高低不平的石子路上，他女儿对我说：

"妈，我累了。"她带着央求的口气，让我背她。

于是我蹲下来。她趴到我背上，两只手抱住我的脖子，我用手兜住她的两条腿，然后猛地站起来。突然，一股暖流穿过我的身体，有什么东西流出来了。那一瞬间，我身体明白的事情远比我能理解的事情要多，我知道，我的"孩子"没有了。之后，C带我去了镇上的小诊所，那个医生下意识地就要给我输液。

我问他："这是管什么的？"

他说："给你保胎的。"

我立刻说："不，不保了，我们不要了。"

我并没有从C的脸上看到任何难过的表情，可能这就是一件来去自然的事情。C的母亲给我做了几顿好吃的，让我补身体。我们也没有去医院检查究竟发生了什么。可在那之后的一段时间，我大脑里总会闪出一种声音，好像刀尖儿划在钢板上的声音。

后来他去福建打工了，我继续在北京打工，这给了我空间。我这才发现，原来，离开他、离开他的家人，我的生活好像反而轻松了，有他没他对我来说并没有什么区别。也可能是因为，父亲离世的伤痛已经渐渐过去，继母的脸也不再浮现，潜意识里，我想要一个全新的开始，就好像平静的海面下涌动着未知的能量，就好像一只训练有素的野兽想要开始捕猎。

我们已经很长时间没有见面了，只是偶尔在网上聊聊天。有一次他突然给我打电话：

"媳妇儿，我回来了，你怎么不在这儿住了？"

他突然从福建回到北京，突然回到我之前住的地方，可我已经搬家了，换了住处。我们并没有正式说分手，因为我觉得，我们的行为似乎已经在说可以分手了。这样的结局可能和他的预期完全不符。他在电话里哭着对我说：

"如果你和我分手，我就从这桥上跳下去！"

我没有回应，直接挂了电话、关了手机。这段感情就这样结束了。

当时的我，一旦抓住什么，就会拼命地依附在上面。但其实，就像父亲和继母一样，能凑合过日子就行，穷苦人谈什么喜欢不喜欢。我和 C 也是这样的。他曾是我的目标，是我的唯一，是我短暂的支点。当时的我也不配拥有别的东西，所以才有了这么一段介于亲情和友情之间的感情。对我来说,他是一个安全的港湾,我曾短暂停留在那里,这对我是一种保护。他陪我经历了父亲的去世,他的家庭也给了我一些温暖,没有他们,我也许会遇到更糟糕的事情。

后来这些年,我好像把他从我的记忆中抹除了,连带他的家人、孩子、亲戚和朋友。这种抹除让我感觉很割裂,好像把过去的某部分自己也抹除了。

当我写下这些文字的时候,我的手指在颤抖。这是最早发生的事情,却是我最后才写下来的事情。尽管我很挣扎,可我怕将来有一天我会后悔,后悔没有把它写出来。我想写,想让你看看。你看看吧,没有人庇护的孩子究竟要怎样挣扎着长大。

余秀华说:"你把自己写完整,就等于是把很多人都写出来了。"我写下来了,这让我好像再活了一次。也许我和生母在某种程度上是一样的人——那种心狠的人。可是人真的很复杂,如果没有"心狠",又怎么定义"心善"呢?如果没有做错事的经历,又怎么知道自己做对了呢?我读博之后回老家探望大爷和大娘时,大娘还曾鼓动我给生母打个电话,尽管她也不知道生母的电话号码。我当然更不会知道,我甚至连她叫什么都不知道。

大娘说:"你给她打个电话,让她看看孩儿现在过得多好。"我坦然一笑,说:"你可别说笑了。"大爷也觉得这个提议太荒唐，但他还是有意无意地和我说了一些他们以及周围的人对生母的记忆。大爷说，生母是一个让人捉摸不透的人，和村里人大大咧咧的性格完全不一样。

"人家走路啊，那都是贴着墙根儿走，恨不得钻墙里。你不仔细看根本看不见她。"

"去别人家串门儿，从坐炕上到最后离开，她一句话都不说。"

堂姐也曾说过："咱们老家人说自己都是'呃''俺'，可你那个妈呀，讲究得很，从你会说第一个词开始，就让你说'我'"。

堂姐要是知道大娘让我联系她，可能会当场拍桌子。堂姐反复和我强调过："你要是去找她，我首先就不同意！"

和父亲结婚的时候，生母已经离过一次婚了，撇下了一个闺女；和我父亲离婚后，又扔下了我。据大爷说，后来她又结了婚，又生下了一个闺女。

虽然生母几乎没有养育过我，但也许，她的行为本身还是影响了我。怎么说不重要，怎么做才重要，对吗？最起码在结束与C的这段关系时，我很干脆，也从来没有因为这件事情责怪过自己。事实上没有人应该被责怪，我们都只是人，有时候变成动物，有时候变回人。对我来说，这只是一段我不愿再提起的经历，一段回忆，就像一张褪色的老照片，应该被尘封起来。

成年

在几件大事和无数小事的磋磨中,我慢慢接近成年。这与其他同龄人不同,他们临近成年的时候通常会拿到高中毕业证,把成卷的书扔出教室,和老师同学告别,离开父母,准备迈入大学开始新的生活,在探索世界的过程中,逐渐完善自己的人格。而我,还是在不断换工作,不断搬家。对于这一切,我没有愿意或不愿意。这就是我的生活,它就应该是这个样子。

换了七八份工作之后,我开始在北京一家快递公司当客服,有了一份相对稳定的收入,办公地点在北京西直河,在当时是比较偏僻的地方。公司就在一个很宽敞的院子里,院子一侧是库房,用来作中转仓,还有几间低矮的平房,便是我们客服人员办公的地方，另外还有一间房是财务办公室。我对厕所的记忆尤为深刻，不到迫不得已我都不去，因为厕所在院子外面很远的一条街上，到了冬天，北风呼呼地吹，每次上厕所都像经历一场捶打。

作为客服人员，我的主要工作是负责处理客户的投诉，与客户沟通，他们通常都比较愤怒。收到投诉后我需要和快递网点打电话商量解决方案，整个过程需要不断动嘴皮子，如果解决不了，就移交给另一位同事王燕燕，她的工作不需要动嘴，只用动动手敲敲键盘，直接给网点下罚单，一张罚单二百块钱。客服组大概有十个人，有人负责查件，有人负责处理投诉，还有人负责网点管理，虽然我们的职能各不相同，但逢年过节快递点爆仓时，我们都需要去库房充人手，负责把堆积如山的快递分拣到对应的中转仓里，这是个很简单的任务，在一面墙上有简易的分隔栏，标记了华南、华北、华中等区域。

但我不是一个好的分拣员，因为没文化，很多地理常识我都不知道，所以我常常搞不清楚每个城市对应的中转地点，即使现在读博了，很多基础教育时期应该掌握的常识，我也是缺失的，比如我一度以为纽约是美国的首都。但我干活很利落，深知勤能补拙的道理，所以搬大件和重物时我格外积极，不嫌重也不嫌累，拿起快递包裹，看着别人的手势，眼都不眨就往对应的分隔栏里扔。

当时一起工作的小伙伴基本都是同龄人，比我大几岁的王燕燕是个很有意思的姑娘。我们的办公室里有三四排电脑，每人用一台，工位的大小差不多就等同于电脑的大小，趴着睡觉连胳膊都放不下。王燕燕坐在我左侧，我干什么她一眼就能看见，她干什么我也看得清楚。她性格彪悍，说话嗓门儿很大。有一次她和一个同事吵架，起因好像是同事去经理那儿打小报告，说她上班看小说。王燕燕对此非常愤怒，招呼她丈夫过来，还叫了好几个社会青年，在办公室里狠狠地羞辱了那个同事，立了威风。后来那个同事去了天津，再也没回来。

我平时玩得比较好的两个同事都是河北姑娘，算是我的老乡，一个叫春琦，一个叫悦晴，她们本人就像她们的名字一样美好。因为年龄相仿，我们可以一起做很多事情，比如去西单逛街、买便宜衣服、嗦一碗酸辣粉。我们当时的收入也差不多，每个月一千五左右，都在公司附近租便宜的房子，所以偶尔会相互串门儿。虽然我们租的房子都很小，但彼此间丝毫不会觉得窘迫。

我那会儿对外貌和美没有多少感知，但我知道悦晴很爱美。她有双大眼睛，瘦瘦高高的，很喜欢买衣服，也喜欢拉着我陪她烫头发。或许是受到她的影响，我开始注意自己的形象，开始学着搭配衣服，也有了美丑的概念，我还打了耳洞，戴上了耳饰，开始在意别人是怎么看我的。

悦晴的经历和我有些类似,她没有机会参加高考,因为她妈妈重男轻女,有一次,她妈妈一边拿着菜刀剁肉馅,一边轻描淡写地说就算她考上大学也不会供她。她一赌气,干脆不上学了。那时她住在姐姐家,姐夫还总对她动手动脚,她向家里人倾诉,可她姐姐和母亲都不相信她。

有一天悦晴突然对我说,春琦后来不爱和我玩了,因为春琦有次从椅子上摔了一跤,我却幸灾乐祸笑得很大声,还说:"春琦摔了个狗吃屎,哈哈哈。"春琦当时很生气,叮嘱悦晴以后不要和我来往。但这些我一概不知,因为那时我对所谓的人际关系完全没有概念。

当时有一位男领导史经理,还有一位女领导,我们叫她王姐。整个部门人不多,大家互相都比较了解,谁结婚了,谁生孩子了,都会一起庆祝。史经理和王姐带我们聚餐过三四次,那是我生活中的快乐时刻,大家在一起喝酒、唱歌、吃大鱼大肉。淹没在人群中,我的孤独感仿佛也减弱了。

我住在平房院子中的一间用木板做隔断的房间里,月租二百块左右,房间非常小,里面只能放一张单人床,再塞一个简易衣柜,那就是我当时所有的家当了。现在回想起来,除了我,这个房间可能装不下任何其他的租客。床头有一个薄薄的暖气片,产生热量的速度远不及屋子散热的速度,不过对当时的我来说,冷是可以忽略不计的。那个局促的空间压缩着我的生活,也压缩了我的孤独感,就像我小时候把自己包裹在被窝里一样。偶尔我会在书里翻到蟑螂，虽然北京的冬天很冷，但是蟑螂的生命力很强。看到它们时我内心毫无波澜，丝毫不觉得恶心或害怕。在我看来，它们不过是比我还弱小的生命。

租客们在院子的公共厕所里洗漱，那是一个四面透风的房间，里面有十多个水龙头。冬天地上会结冰，经常会有人在上面摔个大屁墩儿。我不记得那会儿有没有洗过澡，只记得夏天可以简单擦洗身体。

院子里的故事很多。我对门住着一个打扫卫生的爷爷，总是笑眯眯的。他大概是南方人，喜欢炸鱼，每次炸了鱼都要给我一两块。偶尔也会听到有人在院子里破口大骂："谁偷了我的衣服""谁把水倒在门口"……

与简陋的住处相匹配的，是我机械而单一的生活，上班时我一门心思工作，下了班也很少和同事一起吃饭。她们大都自己做饭，但我的家太小了，几乎没有做饭的地方，于是我成了小吃摊的常客。当时有一家东北米线，非常辣，却是我的最爱。我那时并不懂得什么是有营养的，每天几乎只吃米线、面条、米饭这些主食，蛋白质摄入很少，水果和蔬菜吃得就更少了，吃饭也只是为了不饿肚子。这样的饮食方式使得我经常一周才大便一次。

我每天骑着小自行车，准时上班、下班，日子就这样一天天地过。我看见饭店里年纪稍大的服务员；看见理发店里给人洗头发的阿姨；看见街上摆摊儿卖煎饼的大姐；看见身边的同事该结婚的结婚、该生孩子的生孩子……在我能看见的方寸之间，我觉得那就是我不久之后的生活，命运最终会把我推向那儿。

点 燃

据说对远洋航海的水手而言,相比清晨的朝阳,他们更渴望夜幕下的灯塔,因为每一座灯塔都标注了正确的航向。对我而言,我人生中的第一座灯塔已在不远处。

客服的工作并不忙碌,所以我没事的时候就喜欢和网友聊聊天。机缘巧合之下,我认识了一位上海的出租车司机,他叫李靖,是上海本地人,有自己的房子,当时还是单身,他有很多本地的朋友,没事儿喜欢和朋友们聚会。在网上,我们会谈论各自的家庭、工作,以及一些日常生活小事。我记得他当时二十五岁左右,个子不高,留着小平头,开出租车已经有些年头了。有一次他和我抱怨:

"开夜班出租太累了,熬得人眼睛都是红的。"

"那就早点回去休息。"我并不善于安慰别人。

据他说,结婚的压力会让他感到无所适从,他身边的朋友都结婚了,但他遇到的人都不合适。这时我也会安慰他,告诉他一辈子那么长,总能遇到合适的。我们偶尔也会打个电话,他的声音很好听。我们的友谊很纯粹,丝毫没有男女之情。也许在那个没有安全感的阶段,他是我为数不多可以信任的人之一。他也曾来过北京,但我们并没有见过面。

我们平时聊的都是一些鸡毛蒜皮的小事儿,比如,我今天和同事吵架了,明天晚上要加班,今天有个投诉的客户素质很低,等等。他的受教育水平也不高,我记得他应该没有上过大学,但他讲话很有逻辑,可能平时开出租车能遇到很多有意思的人,也算是见多识广了。

有一天,我正坐在办公桌前面,和往常一样盯着电脑屏幕,处理客户投诉。突然屏幕右下角开始闪烁,点击后收到了他发来的一则消息:

"你很聪明,应该继续接受教育,可以了解一下成人高考。"

这是一句突然冒出来的没头没尾的话,出现在屏幕中间那个小小的对话框里。没有提问,没有回答,也没有任何语境和前因后果,就这么简简单单的一句话。它带着无数的疑问闯进了我的脑海,深深地印刻在那里。

我哪里聪明了?成考是什么?是要去上学吗?我会有老师和同学?有教室吗?我要学什么、考什么?我怎么能去上学呢?谁给我钱?

越来越多的问题蹦出来,就好像在空旷而贫瘠的荒漠上突然刮过一阵强风。于是,在过去那片荒漠中一直疲于奔命、背负着生活压力、不得不低头看路、如骆驼一般的我,终于缓缓抬起头,向远处瞥了一眼。那些被沉重的生存压力所掩盖的片段:第一个举手完成黑板上所有题目所获得的肯定;被老师表扬和反复朗诵的作文;被烧掉的奖状;班主任劝我回头时那个痛心的眼神;在小公园里幻想自己成为初中生、高中生……这些记忆在那一刻突然涌现出来。生母不在了,父亲不在了,继母也不在了,我身边没有什么人了,任何事情,只要我要、我想,就可以去做啊!还有谁会来阻挡我呢?

我的整个世界都好像被重新点燃了,我浑身上下往外冒着火光。刹那间,我仿佛看到未来的颜色不太一样了,也许我想活出个名堂。在很长一段时间里,尤其是未成年时期,我基本没有得到过正面的肯定和支持,生母是缺席的,父亲是沉默的,继母是冷血的。那是第一次,有人这么直接地夸我聪明,也是告别学校之后,第一次有人从正面肯定了我,还告诉我如何可以变得更好。李靖的那句话,就像是照进无尽黑暗里的一束光,那么亮眼,且充满力量。

也许他觉察到了,我是可以靠自己改变命运的人,他就像一个引路的司机,帮我把路标注出来,而我的敏锐和行动力则帮我走上了命中注定要走的这条路。从此,那些痛苦的记忆不再任意闯入我的脑海,因为我有了明确的目标。我的人生好像有了焦点,在黑与白的分岔路口,我迈出第一步开始奔跑。

在无数问题的驱动下,我立刻着手上网寻找答案,最终在北京教育考试院的官方网站找到了有关成人高考的信息。但仔细了解后发现,参加成人高考被录取后,上课时间与我上班的时间有冲突。所以,另外一种形式的考试引起了我的注意——自考。可以自己看书学习,然后报名参加考试,只要各科成绩全部合格就可以拿到学历,自考分为自考本科和自考大专,分别有十七八门课程。但这些数字丝毫没有让我觉得艰难,反而让我像抓住了救命稻草一样,毫不犹豫立刻开始行动。

总有人问我,为什么我的执行力这么强,我想那是因为,从小到大,来自外部的力量一直不断驱赶着我,很多事情容不得我琢磨,而是要立即行动起来去解决问题。我也习惯了无论面对什么事情都要快速调动内心动力,去适应外界的变化。这种行为方式内化后，让我逐渐形成了非常强大的心理能力，所以我把想法转化为行动时几乎不会有任何阻碍。

从另一个角度看，这也验证了我的生存观，通过行动和实践建立了稳定且持续的内核，让我做到知行合一。人之所以痛苦，是因为我们虽然知道该怎么做事情，却无法做到。知行合一的前提是，这个"知"来自亲身实践和对世界的构建，先有"行"，再有"知"，才有可能做到行动和认知的统一。如果"知"是由外界强加而不是发自内心的，我们就会有很强的抵触情绪，无法获得强大的行动力。

在浏览了与自考相关的所有信息之后，我发现很多好学校都设有自考课程，其中不乏北京大学、清华大学、中国人民大学、北京外国语大学等名校。即使在以前的幻想中，我也从没想过自己会和这些学校有什么交集，但的的确确，这次，真正的机会就摆在我眼前。快速且理性地分析完自己的优劣势后，我认定我的强项是文科，因为以前在学校我就是语文课代表，老师经常把我的作文当范文朗诵，虽然那是很久以前的事，但依然在此时给了我信心。

在排除了一些需要大量计算的专业后，我选择了北京大学的心理学专业，这个专业没有数学，在备考过程中我才发现这门学科也需要做数据分析，要学习统计学，但已经不能回头了，只能硬着头皮继续学。之所以选择心理学，是因为我的潜意识里也想认识自己。从小离开家，家庭教育和学校教育的缺失，一直让我有很强烈的自卑感，我想通过学心理学来认清自己。同时，我也想更多地了解父亲、继母以及生母，我好奇他们的选择和行为背后的原因是什么，想知道他们为什么会那样对我，想为我所遭受的一切寻找一个理由。

人生中第一次为自己做出的重大决策令我非常开心，它给了我从未有过的强烈的目标感和方向感。当时我摘抄了一个句子来形容那里程碑式的一刻：

> 没有人可以回到过去重新开始，但谁都可以从现在开始，书写一个全然不同的结局。
>
> ——2011年7月25日

那时我刚满十八岁。至此，我的生活基调从原来的"你当"变成了"我要"。前方的路很清晰，再辛苦也要走下去。

我把自己要参加自考的信息发到了客服工作群里："我要参加自考了，可以拿本科学历。"之所以这么做，一方面是想得到身边人的鼓励，另一方面也想告诉大家这是一个取得学历的渠道，因为他们几乎都没上过大学。在2011

年，我身边的大学生是很稀有的。

但他们的回复充满轻蔑：

"自考很难的，你绝对考不过。"

"你以为是个人都能考？"

被泼冷水也丝毫没有动摇我的决心，反而激励我一定要考下来，证明自己。虽然那时我还没有很清晰的自我认知，但我能看到身边的人，能看到自己的生活。那是一种机械的、麻木的生活，没有任何有价值的东西可以吸收。我在工作中仅被当作工具，在人际交往中，我对别人来说更是可有可无。同事们的态度让我更加坚定了要摆脱当下生活的决心，如果不想和这样的人相处，就只能用尽全身力量离开。后来我写下这段日志：

> 小的时候，常常愿意讲述理想、梦想、愿望……这些词看起来遥远，却给人许多希望和动力。而长大以后，很少听到周围的人谈论理想、梦想这些让人心生力量的东西。这确实是一个奇怪的社会，总有那么一些人，喜欢嘲笑并且打击别人的梦想和坚持。因为嘲笑别人的时候，他能获得些许可怜的优越感。实际上他们嘲笑的往往是他们所不具备的。而那些嘲笑他人梦想的人，是因为他们已经老啦，对青春、激情、梦想心生嫉妒。老，

与年龄无关,只是因为人有了一颗世故的心,被蒙上太多的怯懦、狭隘和成见。那些时常认为不可能的人,他的人生就是一个巨大的不可能。

有人问我:你靠什么保持这股拼劲?

我觉得,是梦想。梦想和专注,是这个世间让人忘记一切困窘的力量。梦想,也许是人生中,最最遥远的路,却也是最最接近你的地方,值得我们用一生为之努力。

——2012 年

他们的不相信和否定,也曾让我感到难过和惋惜。我那时不明白,这明明是很好的机会,又不需要花什么钱,为什么不付诸行动用尽全力改变自己的命运呢?我到香港读博后,收到了当年在网吧和我交接工作,后来曾和我一起在快递公司做客服工作的李燕的消息:

"我记得那会儿你带我去你的出租屋,那个房间很小,你就在那儿看书、学习,我就在旁边坐着。我那会儿真应该和你一起学习,可惜我没有毅力。"

现在我有点懂了,碾碎命运所需要的决心和付出远大于保持当前的生活状态,尤其对女性而言。我们面对的是一种结构性的压迫,传统观念中,女性似乎应该是保守的、温和的,拥有一个能干的丈夫和一段幸福的婚姻就是成功,用尽心机往上爬似乎是不符合标准的。

为了尽快拿到学历,我随时都把备考的书带在手边,不忙的时候就一边看书一边工作。为此我还被王燕燕嘲讽:

"上班还能看书,真好啊。"

我能自动隔绝这些小的噪音,庆幸的是,史经理和王姐也不管我,他们对此睁一只眼闭一只眼,这让我有了更多的学习时间。下班后,我就趴在床上或坐在床上学习。没有窗户的房间、昏暗的灯光、捧着书专心学习的女孩……那一刻,时间好像停止了流动,空气也在瞬间凝固,宇宙把能量都汇聚到了字里行间。

自打初一辍学后,书本就在我的生活中消失了。所以刚开始备考时,我心里很忐忑:我能做到吗?拿到教材后,一开始确实看得很吃力,因为我不理解内容。那些陌生的词汇我闻所未闻,它们就像神秘的符号一样。为了记住书中的内容,我反反复复看同一本书,把重点全部标记出来,反复地背诵和抄写。一段时间后,我抄书的本子堆得比我还高,本就不大的房间变得像一个快递中转仓。我用的都是笨办法,就像俗话说的:好记性不如烂笔头。

因为收入低,我也没有别的兴趣爱好,每天除了上班就是看书、准备考试。看书和备考成了我的娱乐活动,对此我并没有觉得痛苦或费力。十八岁的我已经离开学校将近五年,能再次有机会学习、考试,体验当学生的感觉,这样的生活,每时每刻对我来说都是幸福的。

很快,第一次考试来了。

天还没亮,我就起来了,摸着黑坐公交早早地到了考点,拿着打印的资料,坐在门口的马路牙子上做最后的复习和巩固。早起的不止我一个,考场大门两侧的人行道上坐满了自考生。我们都很专注,没有人玩手机。

考试地点一般都在中学,就使用学生的桌椅板凳,桌子上面贴着考生的名字。第一次考试时我非常紧张,生怕自己显得很笨拙,因为我对所有的流程都不清楚。印象最深的时刻,是第一次看见答题卡。那是一张粉色的卡纸,大概是两张 A4 纸的大小,正反面都可以写字。我小心翼翼地把自己的名字和考号填好,手有点抖,既兴奋又害怕。

这是我另一段人生征程的开始,这次我掌控自己的命运,手中的笔就是我的钥匙,帮助我打开那一扇扇通往更高台阶的门。

虽然很生疏,但第一次考试的四门科目我全部都考过了,分数也远远超过及格线。成绩公布后,我把成绩单截图发在了公司的客服群里:

"你看,我考过了吧。"

这次没人理我,群里一片沉默。那一刻,我又懂了,人生是自己的,无须证明给任何人。

第一次考试获得的正向反馈给了我极大的信心,也验证了我的学习方法。我体会到那种命运掌握在自己手中的感觉,每一分、每一秒、每一天,我都可以通过自己的努力改变命运,前进,无所顾虑地前进。

江湖儿女

成为一名自考生,我也进入了一个"多元"的世界,在这里我不仅考取了学历,还与很多有趣的灵魂相识,也在无形中得到了很多机会。

刚接触自考时,我一头雾水,只会在北京教育考试院官网上反复查看相关信息。后来,我加入了一个名叫"北京自考群"的QQ群,里面大概有五百人。我在群里问了很多问题,群友们也很热心地为我解答。说是同学,其实各个年龄段的人都有。除了学习和考试,我们也会在群里聊各种话题。群里的大多数人都没有参加过高考,也有人是高考失利考入不理想的学校,还有很多人特意从外地来北京考试,因为北京的院校多而且名气大。

与普通全日制大学生基本同龄不同,自考生的年龄差异很大，大家曾经从事过各种各样的工作，有人开过小卖部，有人做过人力资源，有人写过代码，有人画过图，还有人自己创业开公司，他们在生活的缝隙中学习、准备考试，而事实上，大多数自考生并没有坚持到底，因为自考是宽进严出的，是特别磨人的事，没有老师监督和敲打，完全靠自己决定学什么、考什么，以及什么时候考。大部分人已经被工作抽走了所有精力，难得有一刻喘息的时间，还要全部投入学习中，这使得极少数人能坚持下来。还有人用七八年时间才考完大专。

自考比的是勤奋，以及自律和坚持。

自考考试在上午和下午均有一场，通常是两场连考。考试期间，很多中学门口坐满或站满了一排排考生，大家都拿着打印的资料或课本做考前冲刺。像我这样上下午连考的考生，中午就会随便对付一口吃的，然后找个安静的地方比如楼道里、饭馆儿里或树荫下，继续复习，准备下午的考试。此时我们通常都不会找人聊天，因为大家都知道各自的目标是什么，并为之努力。

就是这样的一群人，来自各行各业，因为共同的目标聚在了一起，就像走江湖的人一起参加武林大会，只不过我们之间没有竞争，每个人只需要战胜"六十分"这个数字。在QQ群里，大家都把自己的昵称改成名字＋专业，这样别人就知道你属于什么"门派"。在这里我了解到很多此前从未听过的门派,也遇到过和自己"修炼相同武功"的"同道中人",我们都是"江湖儿女"。

在那个群里,我是公认的活跃分子,因为我逢考必过。大部分人的目标都是六十分,那是及格线,所有科目都及格了就可以拿到自考学历。但我不是,我每次必须都要考到八九十分,那才是我的目标。他们都觉得我是个小怪物,还给我取了个外号叫"逢考必过机器"。我有种超强的内在驱动力,而且我不是一个半途而废的人,某件事情一旦开始,对我来说就没有别的选择,我一定要把它做好。我想对自己满意,也想看看自己到底几斤几两,所以我喜欢去拼高分,可能在别人看来这种努力是多余的、无意义的,但就是这种纯粹的成就动机给我带来的高分,让我后来有了到香港读硕和读博的筹码。

渐渐地,我成了北京自考圈里的传奇,很多人对我的绰号"刺儿姐"都有所耳闻。我在群里也"升职"了,从普通的群成员变成了核心管理人员。我是个很负责的管理员,每当群里有人发广告,我都会立即处理,并通知大家"已踢"。

在这里我认识了很多朋友,也会组织大家一起出去聚会、吃饭、唱歌。每次活动,我们都在大街上聚成一堆,在外人看来,一个小女孩后面跟着一群男女老少,队伍浩浩荡荡,看起来既诡异又充满喜感。在饭店里,人们会看见一个小女孩，留着齐刘海，随意地扎个辫子，穿一件宽大的白衬衣，脚踩高跟鞋跑来跑去，招呼服务员拿酒上菜，那就是我。

就是在这样的生活中，我认识了雷欣，她也是一名自考生，那时我们都是十八九岁。她身材高且瘦，说话很温柔，眼睛瞪得大大的，总在认真地看着我，我们经常在一起谈天说地。有一次，我心情不好，去她的出租屋找她玩，那在北京的另一端，与我住的地方相距甚远。我们一起去吃很便宜的小火锅，就着火锅的热气说着话，胃里心里都暖了起来。那天，外面下着非常大的雨，雨拍在地上发出"哗哗哗"的声音，地面被拍打得好像要爆裂开。我们都没带伞。

我突然冒出了一个大胆的想法，不如一起跑回她的住处。其实距离并不近，我以为她会认为我在开玩笑，没想到她干脆地说"好"。于是我们脱下鞋子拎在手上，冲进了雨里。

空气中弥漫着泥土和柏油路的味道，雨水扑在我们的脸上、头发上、身上，伴随着周围汽车喇叭的声响，街上的霓虹灯在大雨中变得迷蒙。我们好像跑进了一个光怪陆离的世界，使劲儿跑啊、跑啊，每一步都非常用力。无数雨滴在我们眼前飞舞，那一刻，时间的流逝好像暂停了，只有我们在真正活着。我们牵着手，拉着对方，从心底里发出无所顾忌的大笑。

这时耳边突然飘来一句:"嘿!这俩姑娘也不怕感冒。"原来是路过的一位北京老大爷,对我们发出的一声感叹。

大爷的话并没有把我们拉回现实,反而更让我们有了一种叛逆的快感。直到接近终点,我们才停下来,看着对方湿漉漉、红扑扑的脸和狼狈的模样,都笑弯了腰。这个画面一直萦绕在我心头,那种在雨中肆意的、不顾一切的奔跑令我回味许久,更开心的是有人愿意陪你做这样的傻事。那两个在大雨中牵着手奔跑的女孩,真是青春呀。

有一天我突然联系不上雷欣了,给她发消息,过了七八天都没有回复。我们平时在一起很少谈及自己父母,这似乎是身边人的共性,大家好像都不愿意聊家庭。我问了所有共同的朋友,都没有她的消息。后来才知道,她被公司骗了,具体的细节我不清楚,但她突然被警察带走,拘留了七天。出来之后,她第一时间就和我联系了。当时她对我说了一句我一辈子都记得的话:

"我佩服你做人的风格。"

也许是因为我真的很关心她。我们那会儿都还小,来自家庭的爱是缺失的,自考生这个群体带给我很大的归属感,里面的每一个人都是我的同盟。也许正因为自考,因为这些自考生的存在,我才没有走上歪路,而是一直在走正道。

自考期间，我还认识了一位来自山东的姐姐，我叫她萍姐。萍姐在一家外企做人力资源，她也想通过自考拿到本科学历，从而在职场上再拼一拼。然而她后来并没有如愿拿到学历，因为她结婚了，接着生了孩子，就没有精力备考了。像她这样的例子有很多，本想跳出当下的生存环境，但最后未能实现。

还有一个男生，我们都叫他狮子哥。他自考了好几个本科学位，就像把自考当成游戏和业余爱好。不像我，把自考当作孤注一掷的选择。对我来说，学习可以耽误工作，但工作和其他事情是万万不能耽误自考的。我牢牢握紧这把钥匙，这一握就是四年。

郑一，是和我同专业并且同时报名考试的同学，也是后来鼓励我去互联网企业做产品经理的朋友，我们一直有断断续续的联系，但我们的生活却大不相同。

他也来自农村，九岁那年父亲外出打工，再也没有回来，却苦了他母亲和爷爷奶奶。他们只能拧作一团，尽力将郑一抚养长大。郑一上学很早，身体瘦弱，好像一阵风就能轻易把他刮倒，在班级里他也是最弱势的，经常被欺负。为了反抗和寻求保护，他认识了初中的混混，跟着他们打架斗殴，体验古惑仔一样的生活，并享受其中的刺激、义气和叛逆的快乐。高中刚毕业，他就去当学徒，到南方的工厂里做流水线工人。他比我更早去过香港，是偷渡过去的，在尖沙咀的饭店打工。

郑一的亲戚总说，可惜了他这个读书的好苗子。他母亲毕竟有些阅历，于是很认真地问他：

"你想不想去学点什么？"

那年他十七岁，出于向上爬的本能，他毫不犹豫地给出了肯定的回答。自己存了一万多块钱，再加上母亲给的生活费，郑一就带着这些钱去了北京。在北京漂泊多年的表姐推荐他学计算机，于是他上了个万元培训班。学校承诺，每个学员毕业后都会得到校方推荐的工作，可是还没到他毕业，学校就倒闭了。当时计算机行业不景气，一个培训班里五十六个人，只有十个人留在北京。

郑一运气好，和几个朋友互相鼓励，咬着牙勒紧裤腰带生活，也就留下了。没想到，过了几年还真当上了公司的管理层。据他说，当时得志，以为自己做设计的能力强，后来才知道，站在互联网的风口上，猪都能飞起来。

关于自考的消息，也是他表姐告诉他的。刚听到的时候，他也很激动：真的吗？真的可以选择考进那些名校？后来我俩在群里认识了，我们的人生有了交叉点。刚开始我们只是在网上聊天，后来见面，他才发现我的反差。他觉得我不管是对自己还是对别人都说一不二，所以一直以为我是一个高高大大充满力量的女孩,没想到我是个身高不足一米五,看上去很瘦弱的姑娘。他知道涉世未深的半大孩子要经历什么才能生存下来,所以总说很佩服我。

那个时期,我的工作不需要加班,我也不可能加班,因为我一下班就马上回到出租屋学习。郑一当时已经站在互联网的风口上,也深受那些奋斗精神、狼性文化和末位淘汰制的影响。那一年,他所在的公司参加了互联网千团大战,不仅要维持原有业务,还处于新业务的增长期,招聘的活也落在了他的头上,碰巧他家里还添了个孩子,可他当时已经完全无暇照顾家庭。他对我表示不理解:为什么不在公司奋斗,难道不怕被炒鱿鱼?

我们备考的专业都是心理学,所以我把整理好的学习材料全都分享给他,可他已经有心无力。他的老板为了增强团队凝聚力,一下班就拉着他们一起打游戏、喝酒,几乎一整年都是这样。自考的事情已被他抛在脑后。我俩都是第一次报名考试,我同时报了四门,他报了两门,可直到考试前他的书还是崭新的。一年后,我已经快把所有的专科科目考完了,他还停留在开始的阶段。更不幸的是,不久之后他们公司由于项目资金链断裂,融资困难,被迫解散了。互联网行业容易成功的幻想瞬间破灭,他开始到处寻找新的工作机会,在四处碰壁中感叹:

"真是人还没到中年就经历了危机。"

后来他进入了另一家互联网公司,继续做设计,并且尽力照顾家庭,自考已远离了他的生活。十几年后我们再见面的时候,他的生活好像还停留在我们刚认识的2011年,他的眼睛就像录像机一样,记录着我那个时期所有的重要事件,一路看着我成长。那时我羡慕他,有一份赚钱的工作,还有美满的家庭。而现在他总说羡慕我,不是羡慕外在的标签,而是内心的转变所带给我的生命力。我们最后一次聊天的时候,他说了这样一句话:

"轻视个人内在发展的代价,犹如行走在独木桥上。"

他还自嘲:

"虽然我失败得像个笑话,但庆幸自己也不是一事无成,起码能总结出点什么。"

我从不觉得他是失败者,就像蹒跚学步的小孩,摔倒了,谁会笑话他?也许郑一才是真正懂得满足的人,只有这样的人才会快乐。

自考让我认识了来自五湖四海的人,他们每个人都是一本书,可以无止境地写下去、看下去。可没想到,命运还有更意想不到的惊喜给我。

我刚加入自考群的时候,里面有五百人,在群里问问题得到的响应会很慢。后来,我就想在群里随机找一个人,问一些实操性的问题。我凭直觉点开了一个头像,因为那个小丑的头像看起来很叛逆,网名也叫"Joker"(小丑)。

我觉得很有意思，潜意识里我总觉得叛逆、面冷的人也许更善良。行走江湖那么多年，我见过太多面热心冷的人。于是，我点了这个头像，发了这样一条消息：

"可以请教一些关于自考的问题吗？谢谢你。"

就是这条信息，给了我一个一生的朋友和爱人。事实证明当时刹那间的直觉是正确的，他不仅仅善良，还幽默、智慧。以前曾听说山东男人大男子主义严重，但是他的"含鲁量"很低，他总是默默地支持我、爱我。

我有时会觉得自己没有过真正的同学和老师，但当我认真审视过去时，发现并非如此，我遇到的很多人都是我的老师和同学，他们甚至比真正的老师和同学还要称职，他们只给予、不索取。自考生这个群体是活在学历鄙视链最底端的，但我们不是边缘人，我们知道自己是谁、要做什么。因为各种主动或被动的原因，我们没有上过大学，甚至没有参加过高考。从传统视角看，这可能是一种退步，但正是这种"退"，让我们意外地离开了那种结构性的竞争，走上一条特殊的、没那么拥挤的道路，去探索自己能做什么、能做好什么。我们早早地走上社会，接触过形形色色的人，遭遇过各种稀奇古怪的困难，这些经历让我们获得了各种各样的道具、技能和法宝，把它们放在自己的"工具箱"里，用以解决人生中遇到的问题，也让我们成为更出色、生命力更顽强的工人、商人、店主、管理人员、服务者或企业家。

爱 情

从五百个人里选中了他之后,我发出了那条信息。据他说他当时正在公交车上和前女友吵架,吵架的方式就是不和对方说话。他说当时看见我的消息,和我简单聊了几句后,觉得我这人有点儿傻,便决定一定要把事儿给我说明白,所以其实他是个很"轴"的人。但没想到正是这一瞬间的想法,让原本两个独立生长的小树开始纠缠,最终变成一棵大树,共同生长。

他干脆利落地回答了我的问题,一看就是个自考老手,我们就这样认识了。当时我在北京的一家快递公司做客服工作,他刚从燕郊一所专科院校毕业。他来自高考大省山东,高中曾被开除,后来换了一所学校,因为太叛逆了。他喜欢哲学，整天都在看尼采和叔本华，喜欢和老师对着干。他小时候父母就离婚了，他跟着姥姥姥爷长大。他的家庭背景也比较普通。

据他的描述，整个高中三年他只参加过一场考试，就是高考。连模拟考试他都不参加，在班级里是稳稳的倒数第一名，老师干脆连作业都不给他布置。但网络游戏他打得很好，可惜高考不考这个。他们班七十多人，只有大约十个人能考上一本，他不觉得自己会是那少数人。所以很顺利地，他去了一所名不见经传的大专院校。

在高中的时候，他就想办法找退路，想实现"弯道超车"，所以早早开始了解自考。上大专后，他开始备考自考本科，因为自考不需要和别人竞争，只需要考过合格线就行。他是典型的知耻而后勇的人，因为他所在的那所学校在北京所有高校中几乎是垫底的，那儿的学生不是泡妞就是打架，学校的图书馆经常都只有他一个学生，加上保安一共两个人。后来图书馆有了无线网络，去的人变多了，他就找别的空教室学习，为了自考甚至不去上学校的课。他常说，在他们学校，只要想学习，地方有的是。

我们认识的时候，他的自考本科科目考试已经接近尾声，我才刚开始。我们就在网上断断续续地聊关于考试和学习的事儿。他大专毕业后就回了山东老家，我在北京一边打工一边考试。后来他到北京参加最后几门考试，我说请他吃饭，于是我们去了一家连锁快餐店，一人点了一个盖饭。

那是冬季的一天，空气很干燥，阳光也很清透。我扎个小辫子，留着齐刘海，穿一件蓝白格子衬衫和一条黑裤子，配厚底高跟鞋。他穿一件厚厚的夹克，搭配牛仔裤和板鞋。第一次见到他，我就觉得他很帅，他高鼻梁、双眼皮、大眼睛，身高一米七八，一头浓密的短发。我好像很少在现实中见到这么帅的人。

见面后，除了常规的客套之外，我们也聊了各自的生活。那时我才知道，他很久之前就和前女友分手了。我当时确实有点小心动，但只觉得他高不可攀。他是城里人，长得好看，又有文化，而我就像只丑小鸭，也许注定只能是他的过客。但我想，努力一把总没有什么坏处吧，于是我问他能不能把之前用完的书送给我，一来我们都是考心理学专业，他的教材我能用；二来可以创造第二次见面的机会。他答应了，还给我讲了很多哲学和物理学的知识。他拿着两根筷子比画成宇宙，然后有一根筷子掉下来了，他告诉我那就是地心引力。我听得很痴迷，怎么会有人讲话这么认真。

后来我们又见了一次面。他背一个黑色的书包给我送书，我邀请他去我住的地方看看，那时我在快递公司做客服工作，租了一个非常小的出租屋，进门就是一张床和一个柜子。我也不知道为什么想让他来看看，可能是因为我想让他看到全部的、完整的我。

他来了。我们一起去了一趟菜市场，因为他说想给我做山东名菜萝卜炖肉，那是他舅舅教给他的。我们就在公共洗手间洗了菜，然后在床上铺了一张席子，把电磁炉和砧板、调料都放在上面，做了一顿饭。我第一次吃萝卜炖肉，觉得特别好吃。吃完饭后，我送他去公交车站，他的背包一直没有打开过。我心里窃喜，他可千万别想起来啊，这样就可以再见面了。

我们走过街道，穿过人群，他比我高一头，我只能看到他的肩膀。我偷偷仰头看他，这个人，也许就是我小时候幻想的白马王子吧。我们聊了理想中的爱情应该是什么样子的，我装作很懂的样子，说道：

"爱情就是两个人互相欣赏，一起成长，而不是去改变对方。"

这句话可能是我从哪里看到的，我觉得很有道理就记在脑子里了，没想到派上了用场。他特别赞同，他和前女友分手就是他发现没有办法再欣赏她。

我一直送他到公交车站，目送他上了公交车。车开走之后，我才发信息给他：

"哎呀，你的书还没给我。"

"那就下次再给你送吧。"他秒回。

过了一会儿，他又给我发信息："公交车坐反了。"

我当时正趴在床上，看到他的消息，我笑到打滚儿。

后来，他说他要考研，需要在北京租一个房子，问我愿不愿意跟他合租。我毫不犹豫地说：

"我也需要找房子，我们合租吧。"

要把命运掌握在自己手中，如果没有机会，那就创造机会。于是，我们在北京合租了一套两室一厅的房子，一人一间。我白天上班、晚上学习，他则整天都在学习，偶尔会做晚饭我们一起吃。我们有一个抽屉，每人每个月要往里面放三百块钱，作为我们买菜、买生活用品的公共资金。

后来我所在的快递公司搬家，上班离得太远了，于是我换了份工作，去做猎头顾问。每天只需要半个小时就能到公司，晚上六点多就能回到家。我们有时候会一起在菜市场吃烧烤，或者买点炸丸子，吃完就各自学习。

就在这样的朝夕相处中，我们自然而然地拉起了小手，正式在一起了。我还给他取了一个昵称叫章鱼哥。

2013年，他考上硕士研究生之后，带我回了他的老家，见了他的父亲，但他不敢说我是他女朋友，只说是带朋友回来玩儿。后来他父亲当然也知道了我们的关系。刚开始，他父亲坚决反对我们在一起。从他父亲的眼神里我看到了厌恶、嫌弃和担忧，唯独没有喜欢。我能理解，作为一个父亲，他想让自己的儿子找一个正常家庭的姑娘，两家人可以共同出钱买套房子，互相照应。

由于他父亲的极力反对，他曾经两年没和家里说话，后来因为他奶奶去世，这个矛盾才开始化解。渐渐地，他父母都接受了我，再后来，我们结婚了，他们还帮助我们在深圳买了房，逢年过节我们也会回山东老家看看。

结婚之后，有一次，他父亲很好奇地问他：

"她怎么从来都不喊'爸'，是不是还对当年的事情心存芥蒂？"

他懂我，其实不是的。只是因为，我自己的亲爹亲妈我都没有什么机会喊，"爸妈"这两个字所包含的意义和情绪太重了，我喊不出来。

章鱼哥对生活很有热情。他喜欢交响乐，对电影也有很好的品位。和他在一起之后，我开始听音乐，听贝多芬和马勒；我也开始看电影，比如库布里克、维伦纽瓦等大导演的优秀作品。在这些作品里，我觉察了、释放了很多敏感的情绪，也理解了人性的复杂。

后来我选择去香港读硕士、博士，他也都支持我。他从方方面面影响了我，我也影响了他、改变了他。我们这两棵曾经的小树，在一起纠缠生长了十二年，早就变成了一棵大树。也许这就是爱情吧。他是你每个清晨醒来最想亲吻的人，是你快乐或忧伤时最想分享的人，是滋养你的人。他就是你的大树，无论风吹雨打，只要有他在，你都不会动摇。

坚 持

2011年，我开始自考，那年我十八岁。四年后的2015年，我终于拿到北京大学心理学本科学历。学习和考试其实只用了三年左右，剩下的时间我在等着拿学历和学位。这期间我也一直在工作，只是我的记忆里好像没有太多连贯的故事，有的只是无数个与学习有关的时刻。

四年间，我从快递公司的客服人员变成了建筑行业的猎头顾问，再后来又到一家进口产品代理公司做行政工作。我把所有碎片时间都利用起来，见缝插针地学习。住在通州时，每天上下班各有半小时通勤时间，我会在公交车上疯狂背书，下班后、周六日，以及其他节假日，我几乎都在家里学习，完全没有出去玩的想法，仿佛人生中除了学习已经没有其他事情可做了。我的记忆力很好，做到一目十行、过目不忘可能有点难,但我能把每一本书八成的内容都背下来。我要保证自己能考高分。

最开心的时刻就是考完试后查看成绩的那一天,对我来说那是漫长备考之路上为数不多的奖励之一。我每次都是准时坐在电脑前查看自己的成绩,有时不敢看,就用手遮住眼睛,从指缝里偷偷瞟。每次看到自己各科都是高分通过后,我和章鱼哥就会一起坐着公交车去吃一顿便宜的火锅,作为庆祝。那种纯粹的快乐很难用言语形容。

做猎头的时候,工作时间很固定,每天朝九晚五。公司老板是一对夫妻,我的工作职责就是帮企业找合适的一级建造师或监理。同时也要帮人才找到合适的企业。这是一份需要沟通的工作,要让客户信任我,才能放心地把他们的职业选择交给我。我当时的底薪是两千块左右,其他收入来自签单之后的提成。那会儿我每天上下班都踩着十厘米的高跟鞋,坐着公交车来来回回。有一次,男同事看着我感叹:"你是怎么做到每天穿着高跟鞋上下班的?"我没理他,我连在出租房里穿的拖鞋都是带跟的,因为高跟鞋能给我一种心理上的安全感和舒适感,尽管我的脚很痛。

只要是与人打交道的工作,就会出现矛盾。我偶尔也会为工作心烦,比如有的客户反反复复修改原本确认好的合同，有的客户承诺了条件却临时反悔，面对这样的情况，我会观察同事是怎么处理的。

当时的同事们都比我年长一些，大概三四十岁，大多都已成家有了孩子。我称呼他们为"×姐"或"×哥"。其中有一位姐姐，留一头短发，戴着眼镜。我俩的工位背靠背，我一转头就能看见她。她做猎头很久，经验丰富，不管客户怎么反复改主意，她都能很耐心、很温柔地把问题化解。她也会教我一些经验，比如怎么在一开始就管理客户的预期，不给他们太高的期待，以免他们因为结果与预期不符而产生不满。她还嘱咐我，说话前要先揣测客户的心理，了解企业给人才的价格上限是多少，同时要清楚人才的价格底线是多少，能不能把中间的余地留出来，甚至人为地制造出来，就考验猎头的本事了。那时我十九岁，虽然没有完全领悟，但我很会模仿。

平时大家都是在办公室里打电话，我就观察别人是怎么和客户说话的，然后模仿他们的语气和内容，还拿个小本本记录下来那些关键句子和交流过程，以应对不同的场景。比如当人才问我"这个薪资还能不能再往上谈"时，我首先需要先确认他是真的在考虑这家企业，还是仅仅以此为筹码抬高自己的身价，以及薪资是不是他的第一考虑要素，等等。这些都想清楚了，再有针对性地回答他的问题。

虽然每天忙着学习、备考，猎头工作并没有做多久，但我也谈成了几单生意。公司一共就七八个员工，大家的收入都比较透明，而我的业绩一直垫底，我就想着，总不能光拿保底工资吧，那样总感觉对不起老板，似乎让人家白养着我，我的面子上也过不去。

我有时候也会犯懒，感觉自己没油了，不想学习，在继续和停下之间摇摆，每当这个时候我便会立即开始继续学习，也就跨过想象中的障碍了。

后来章鱼哥考上了硕士研究生，我们就从通州搬到了西城，在西三环附近租了一个群租房中的一间。那原本是一套复式住宅，房东用木板隔出来很多个房间，小的房间除了一张床什么都没有。每层都住着十几个年轻人。我们租的是靠近窗户的大房间，每个月的租金一千五百块左右。没有厨房，洗手间也是公用的，每次上厕所都要排很久的队。

我们住的地方离他学校近，所以我们经常去他学校的食堂吃晚饭，每人花十块钱就能吃得很好。我的工作也从猎头换成了公司的行政助理。那会儿我找工作，都以距离近、回出租屋快为主要考量因素，因为那样才能让我有更多的时间学习。至于午饭，我通常都在公司附近的一家小吃店解决，只点一份四五块钱的面，连肉都舍不得加，偶尔奢侈一下，就吃一份凉皮。大部分同事都去楼里其他公司的食堂吃饭，一张饭票十几块钱，对我来说有点贵了。有一次，同事叫我一起去吃韩国料理，我点了一个韩式拌饭，没想到就要二十多块，我翻遍了衣服上的兜，才好不容易凑够了钱。皱皱巴巴的零钱堆在桌子上，让我非常窘迫。后来我就不再和同事出去吃饭了。他们几乎都是北京本地人，吃饭做事都很讲究。

行政工作很简单，但需要很细心。我负责把从国外来的货进行入库记录，然后在库房把它们包装好，发到对应的客户那里。除此之外，我有个很重要的工作就是每周定期清洗会议室的鱼缸，给鱼换水。老板养了几条颜色各异的鲤鱼，配上会议室里古色古香的桌椅，很有格调。给鱼换水的间隙，我就把茶几上的茶具和茶宠清洗一遍，客户来了可以直接使用。时不时地，我还要给那些古木家具上点油，让它们保持光泽感。

公司员工一共不到二十人，我是最底层的，除了包装发货，我也要给老板端茶送水。有一次公司在工作日组织团建，我没去，因为我不觉得和同事们会有什么话可以说，还因此被扣了一天工资，当然，这是合理的。公司有一个日语翻译，有一次我拿文件给他的时候，他突然拽住我的手，摸了一下我的手背，同时洋洋得意地看着我。我当时还不知道这就叫性骚扰，只觉得手足无措。直到前几年我才把这件事告诉那家公司的人力资源经理，可她的回复是，我应该早点说出来。那个人现在还在那家公司正常工作。

有一次午休，我接到了一个电话，对方让我们的会计回电话，会计就是老板的姐姐。匆忙之中，我找了一片干净的纸巾，把电话号码写在上面了。老板回到办公室后，看见桌上有一张手纸，很生气地骂我：

"这儿没纸了是吗？"

"真恶心人。"会计也说道。

我低着头没说话。我不懂，用干净的纸巾记录电话号码怎么就恶心了。

但老板这个人还是挺好的，临近过年的时候，给我们每个人都发了一个红包。那红包我一直没拆开，等和章鱼哥在食堂吃晚饭的时候，我才把它掏出来。我们看到里面有好多张崭新的五十元纸币，我就用手指伸进红包里面数，数到了第二十张，就有一千块钱了，我俩对视一笑，好多呀！继续数，又数出十张。那是我第一次拿到年终奖，一共一千五。我俩开心了好几天，那几天食堂的生意都变好了，因为我们会多点好几个肉菜。我们还去了一趟银行，把剩下的钱都存到存折里了。

休息的时候，我们也会和群租房里的朋友们聊天。他们来自全国各地，有的在上培训班，有的写代码，有的做动画，还有饭店服务员和律师。有一次堂姐给我送来了老家的干蘑菇，我还下厨做了一个拿手菜——小鸡炖蘑菇，然后他们每个人出五块钱给我，作为成本费，大家一起吃了顿"大餐"。

这种平淡的生活,直到二房东失踪,才被打破。这套房子里的所有租客都是从二房东那里租的房子,二房东每次都提前一个月收下一季度的租金,一次可以收五六万。但那次,我们交完房租后,一个自称是房东的人敲开我们的门,让所有租客收拾东西走人,此时我们才发现联系不上二房东了,他不接电话,他同事也联系不上他。我们意识到被骗了。同住的都是十八九岁的年轻人,没有社会经验,于是大家报警了,和警察说我们遭遇了诈骗,但上门的警察说,这属于民事纠纷,他们管不了,我们只好去派出所报案。

于是,来自五湖四海的租客,操着东南西北方的口音,集结在派出所。得到的回复是,我们应该去法院起诉。于是大家又去了法院,值班的大爷却劝我们放弃,因为要花费很多时间、金钱和精力,最后很可能根本找不到这个人。

大家也没有更好的办法,但是不甘心啊,我和章鱼哥被骗了五六千块,还有的人被骗了上万,大家都咽不下这口气,还自己打印了传单,上面写着"×××黑房东的光荣事迹"到处散发。

有一次,章鱼哥在小区门口碰到了二房东的同事,他立马给我打电话,我骑着自行车就从公司往回赶,迎头和那个同事的电动车碰上了。我挡在他面前不肯让开,质问他:

"那个二房东在哪儿?"

"你们不知道,我就应该知道吗?"他理直气壮地回道。

我从自行车下来,挡在他的电动车前,不让他走。他冲我嚷嚷,说再不让开就撞我,我还是不让。几千块对我们来说不是小数目,得辛辛苦苦攒好几个月。见他死活不说,章鱼哥也没有办法,把我拉开了。从那以后我们再也没有听说过关于二房东的任何事情。

真正的房东一直想赶我们走,因为他也没有收到房租。我们的态度则很坚决,就是不搬。于是房东开始给我们断电,当时是夏天,我们摸黑住了几天。后来房东想出一个绝招:他用水泥把厕所的蹲坑糊上了!大家没办法了,总不能不上厕所吧,于是很多人纷纷搬走了。有个当服务员的姐姐在大饭店当大堂经理,她还把我们叫过去,请我们吃了一顿散伙饭。我和章鱼哥是最后搬走的。等所有人都搬走之后,我联系收废品和收二手家电的人过来,把所有的家具家电全卖了,一共几百块钱,也算挽回了一点损失。

搬走的那天,因为太匆忙,收拾完已是深夜。我给姐夫打了个电话,拜托他和堂姐来帮我们搬东西。不管什么时候,一旦遇到麻烦,最先想到的还是亲人。姐夫二话没说,把他们自己店里的事情撂下,开着小面包车大老远地从通州过来,帮我们把东西拉走。之后我们暂时在郑一家里住了几天。

除了被二房东骗，我还遭遇过一次网络诈骗。那时我想买一台平板电脑，但我穷啊，舍不得买新的，于是打算在某个同城网站上买台二手的。对方说自己是大学生，刚买的电脑不喜欢了，想卖掉。我对大学生有种天然的信任，他发来一个链接，打开后的网页长得和同城网站一模一样，于是我付了一千六百块。刚付完钱，那个人就失联了，过了许久我才反应过来他是骗子，我的钱应该直接充进了某个游戏网站。我们只好又去报警，警察当时很忙，我们就一直在窗口站着等，然后有个警察叫我：

"你会打字吗？"

"我会。"

"来来来，你进来。"

他让我进去，帮一个年龄很大的警察打字，做了一会儿笔录。后来另一个警察来了，瞪着眼睛问我：

"你谁啊？干吗的？"

"我来报警的。"

"来来来，你出来，谁让你坐这儿的？"

终于轮到我们说自己的事儿了。这次报警又是徒劳，警察说这种钱很难追得回来，我们只能当作花钱买教训了。

之后，我们又搬回了通州，章鱼哥也快毕业了，课业不重，不需要经常去学校。我那时还在做行政助理，每天上班需要坐一个多小时地铁，从东往西横穿北京，我也不觉得远，在车上看看书很快就过去了。本来章鱼哥买了一辆二手自行车，每天接我上下班，后来我们搬家，他把自行车也卖了。他研究生毕业前，要频繁做实验，没办法天天回家，有时候我晚上就给他打电话，在电话里呜呜地哭，埋怨他为什么不回家陪我。

我们新搬的地方是一套很老旧的三室一厅的房子，在七楼，没有电梯，跟我们合租的是东哥和他媳妇。公用厨房很小，两家人不能同时做饭，我们就约定，自己家几点要做饭，提前和对方说，方便错开时间。有次我下班回家，看到楼下聚集了很多大妈大爷，都在仰着头朝上看，我也看上去，发现有家着火了，再仔细一看，那不是我们的厨房吗？火势已经从厨房蔓延到了厨房外的阳台上，上下两层楼的外墙面都被烧黑了。

东哥和他媳妇也在楼下，他们报了火警。我慌张地给章鱼哥打电话：

"家里着火了，你快回来。"

当时他正坐在食堂，刚点了麻辣香锅准备撮一顿，结果一口没吃就立刻坐地铁回家了。现在想想还怪可惜的。

消防员来了之后火很快就被扑灭了。火是从厨房出来的，原来是东哥媳妇大火炒菜的时候，引燃了抽油烟机上面挂着的用来接废油的塑料袋子，火腾的一下就着起来了。

她试着灭火,但是没用,就赶紧跑出去了。

火被扑灭后,我们房间的地面上都是水和黑色的焦烟,当晚肯定是没法住了,可我们又不舍得,也压根儿没有想花钱住酒店,于是就去章鱼哥学校的实验室,那里有一张单人床,我们凑合着睡了一晚。那晚睡得真是提心吊胆啊,生怕他的导师突然进来。

后来,修缮厨房花了一万多块,东哥一分钱也没管我们要,其实厨房着火我们也有责任,毕竟抽油烟机是公用的。再后来我们从北京搬到深圳,还是东哥开车把我们的行李送到邮局并寄出去的。

时间就在这样的大事儿、小事儿中过去了。

对我来说,自考最难的科目是英语。章鱼哥反复教我语法和时态,但我总也记不住,有一次还把自己气哭了。还有本科毕业论文,我第一次写那么长的文章,还需要收集问卷、分析数据。那段时间我的身心备受折磨,那是一种从未有过的煎熬和疲惫。当时我经常发心情日记,摘抄一些给自己加油打气的句子,比如:

> 只有经历过地狱磨难的人,才能拥有创造天堂的力量。
>
> ——2011 年 8 月 15 日

如果这世界上真有奇迹，那只是努力的另一个名字。

　　　　　　　　　　　　——2014 年 6 月 17 日

　　后来我的英语考了八十多分，本科的论文也顺利完成，终于在 2015 年，我二十一岁时，拿到了本科学历和理学学士学位。这也意味着，我的一个人生阶段结束了。

　　自考结束，突然没东西可学、没书可看了，这让我很不习惯。于是我又萌生了考研的想法，因为看到章鱼哥每天在学校的实验室忙碌，我真的很羡慕。我好想上学呀。当时距离硕士研究生入学考试只剩下不到两个月了，但我瞬间就下定了决心：拼一把。

　　我辞掉了行政的工作，和领导说我要去考研了。人力资源经理还提出给我涨工资，试图挽留我，我也拒绝了。我的主意可能比十几个人加起来的都大，一旦决定了做什么，十头牛也拉不回来。过往的经历让我非常相信自己的判断，也有了很强的抵抗外界噪音干扰的能力。

　　辞职后备考的两个月，我每天就在合租的房子里，从早学到晚。那是一种真正意义上的全力以赴、全情投入。我每天都给自己定好任务，必须背多少个单词、完成多少篇阅读、学习多少页专业课知识，完不成就不睡觉。如果说到做不到，那就是对自己的背叛。那一次我真的用尽了全力,生拉硬拽地提高英语成绩、背专业课知识;那是我第一次辞掉工作,全心全意地投入学习。我很珍惜,也很想成功,甚至带着背水一战的孤勇,我一定要考上。我还专门买了一个新背包,幻想我在校园中背着书包走路的样子。我很期待考上之后,就背着新的书包上学。

考试那几天,我借住在章鱼哥同学的宿舍里,那是我第一次看到大学宿舍长什么样子。那个宿舍楼有点像公寓,男生宿舍和女生宿舍分别占了几层。走廊是白色的,每层都有公共洗漱和洗衣服的地方。女生宿舍有很多房间的门都没关,我站在走廊上,看到她们房间里铺着各种颜色的床单,床上挂着蚊帐或遮挡的布,书桌上摆着很多书,有的女生躺在床上打电话,有的女生紧挨着坐在一起说悄悄话。一切都让我感觉很新鲜,那种和同伴在一起的感觉太好了,这更激起我要成功的决心。

上考场的第一天,我一点都不紧张,稳稳地发挥;第二天考专业课的时候,我开始紧张了,写卷子的手一直在抖,我只好用左手抓着右手手腕,才能好好写字。即便如此,我觉得自己考得也还不错。

考试结束后,我们还去KTV唱了一天歌,我想把所有压力都通过歌声释放出来。之后,我在床上躺了两天才恢复过来,好像整个身体都被掏空了。现在回想起来,那应该是我最快乐的一段时间了,什么都不想,就那样全身心地放松。也许我们都得经历过争分夺秒的时刻，才能心安理得地享受惬意放松的时刻。

可现实不是童话，世界是公平的，我没有考上。专业课成绩还行，但英语分数很低，总分距离初试分数线差了几分。看到成绩的一刹那，我是气馁的，原来，并不是努力就一定能成功。但这两个月我倾尽所有，此时也没有一丝遗憾，所以我没有再战的想法，转头就去找工作了。现在反观当时的选择，可以清楚地看到，人生有很多条路可走，此路不通就换一条，有时我们需要为了前进而后退。

当时我曾写下这篇日志：

> 五十天的准备时间，我知道分数不会太高，但是我好希望奇迹可以发生啊。人总是在磕磕绊绊中长大，但我还是很难过，我不想变成一个coward（懦夫）。我还是挑战了自己，也知道了自己的潜力，也许"good job（干得好）"是这个世界最坏的一句话。我认为，不努力学习到深夜，就不是一个年轻人应有的样子。我真的很爱学习，也非常喜欢这个努力着的自己。
>
> ——2015年2月11日

考研的时间很短，失败的结果对我的人生并没有太大的影响。但自考的四年中，三十多门科目，我都一步一步地完成了。一本一本的书、一叠一叠的复习材料都是我努力过的证明，这就像一个周期超长的大项目，我需要有明确的学习计划和严格的时间管理，并且要完全了解自己的优势和学习能力。我几乎逢考必过，只有英语挂过一次，其他的科目都很顺利，我甚至都没觉得困难，看了、背下来、写下来，就是这么简单。

自学考试就是自学，培养学习能力很重要。如今，我可以快速总结出一本书的重点是哪些，可以快速领悟文字背后的含义，可以快速了解任何一种职业、一个行业，知道如何把事情做成，这些都得益于我在自考时期培养的能力。自学考试带给我的绝不仅仅是一纸文凭，而是一份专注、一种坚持，以及自我认知和自我管理的能力。至此，我逐渐在能力上认可了自己，意识到我不是一个一无是处的人——这给我带来了积极的能量，让我知道每一次全身心的投入都会带来积极的反馈；这是一个扎实的支点，让我的生活有了目标感和方向感，让一切都变得可控。

心理学专业的书籍，不管是看懂的，还是没看懂的，都在日积月累中影响着我，让我更了解社会，更了解人，并最终了解自己。但如果只看从业经历的话，我此前的经历无疑是失败的。由于没有计划，选择工作就有很强的随机性。我从来没有打算在某个行业或岗位上干一辈子，这给了我不断体验新事物的机会,但坏处是,这些工作的门槛都很低,频繁换工作也让我缺乏核心的职场竞争力。

这四年,正好是同龄人上大学的时间,我也从社会大学毕业了。古话说"吃得苦中苦,方为人上人"。每天按时上班也许是一种苦,加班是一种苦,吃不到一口热饭也是一种苦,但是真正的"苦",是在心智上挑战自己、磨炼自己,去坚持做那些长远看是好的,短期内却需要咬牙坚持的事情。而我熬过了坚持的苦,迎来了崭新的开始,也即将进入结构性竞争的环境。

附:自考期间我摘抄的句子,以及写下的心情日记。

2011年,自考第一年,十八岁

充满斗志的一年。

——2011年7月8日

书都买齐了,加油。

——2011年7月16日

那些嘲笑别人梦想的人,你们有什么资格?

——2011年7月17日

只有经历过地狱磨难的人,才能拥有创造天堂的力量。

——2011年8月15日

"热闹是他们的，我什么都没有。"朱自清

——2011年9月29日

我想回到2008年，告诉那个时候的自己，一切都会好起来。

——2011年10月1日

上午的（科目成绩）不确定，看老师怎么给分了，下午的稳过。

——2011年10月22日

十月份的考试结束了，备战一月份的。

——2011年10月30日

有抑郁症的倾向……禁足！

——2011年11月8日

我要，我要，我要。

——2011年11月22日

拎着锤子的人看满世界都是钉子。

——2011年12月1日

我要开始拼命！

——2011年12月6日

教育心理学70分，发展心理学74分，应用心理学74分，医学心理学79分！！！十月份的四门全过！！！好开心！！！

——2011年12月7日

我不想活了!

——2011 年 12 月 26 日

2011 顺利结束,有些不舍得,一觉起来就是崭新的 2012,期待!祝福各位朋友,新的一年,大展宏图!

——2011 年 12 月 31 日

2012 年,自考第二年,十九岁

拼了。一天一章,五门最快也要 3 月 20 日看完,4 月 14 日考试,我就不信了!

——2012 年 1 月 1 日

突然发现背这些理论都不是事,太幸福了。

——2012 年 1 月 11 日

我用奔跑告诉你,我不回头。

——2012 年 2 月 7 日

不想追赶公交的结果是,你永远不知道,错过了这辆,下辆要等多久。

——2012 年 2 月 9 日

新的一年我要好好工作。

——2012 年 2 月 12 日

生活像跳楼一样往下继续。

——2012 年 2 月 21 日

真想把那本统计学撕了。

——2012年2月24日

从小吃苦的孩子没脾气。

——2012年2月29日

坐上619路车,坐在熟悉的位置上。有人说,坐车喜欢坐同样位置的人是缺少安全感的,我认为用恋旧更合适。说正事,看窗外,一男子蹬一辆没篷的三轮车,上面有枕头,盖着被子,我想里面是有人的。雪花那个飘啊,北风那个吹啊,吹啊,吹啊,吹吹吹……

——2012年3月2日

看不完的书……我得放松一下。

——2012年3月4日

战斗,战胜!

——2012年3月5日

别人若是在后边骂我,我是连头都不会回的,无聊的人自然有无聊的结果。

——2012年3月7日

让我们在宽容中壮大。

——2012年4月11日

本周的三门发挥正常，再接再厉，干掉下礼拜的两门！

——2012年4月15日

希望今天下午考试顺利，离我的梦想便更近了一步。活出自我。

——2012年4月22日

我有点无助。

——2012年4月25日

我必须对自己的存在负一切责任。

——2012年5月7日

树欲静而风不止，子欲养而亲不待。

——2012年5月23日

社会心理学72普通心理学90实验心理学66心理测量82心理统计84。

——2012年6月7日

我的老父亲……

——2012年6月8日

想带我爸去看场3D电影。

——2012年6月11日

我好辛苦呀！

——2012年6月12日

我总是想远远地抛开过去,从头再来。

——2012年6月13日

今天,中元节,祭奠亡人的日子。

——2012年8月31日

有个同学说不打算自考了,不想把青春浪费在书本上,我只能说你适合没有脑子的青春。

——2012年9月4日

我一定要出国。

——2012年9月19日

日子就如向日葵一般灿烂,努力地往外伸。

——2012年9月21日

唉,迟到了,心中默念,千万别碰见老板,结果,果然在电梯口和老板相遇。好尴尬,上楼吃早点,煮了俩鸡蛋,结果蛋黄还掉地下了,我就爱吃蛋黄啊!

——2012年9月26日

想起考试,心就怦怦跳怎么办?

——2012年10月12日

要增加生命的自由度,就必须做减法,因为生命中真正重要美好的东西,其实都是无价的,比如梦想、激情、爱、自由。

——2012年11月29日

加油,我是霍比特人。

——2012年12月8日

离一月份考试还有三十一天,离春节还有五十八天,离四月份考试还有一百二十一天。感谢造物主,感谢生命,感谢每一天。

——2012年12月13日

我什么都想争第一,小学到初中每次考试都争第一,自考了还是想争自考生的第一,好胜心和要强的心理未必是好事,让我一点都不敢松懈。

——2012年12月19日

2013年,自考第三年,二十岁

不要让自己的灵魂凋零。不管你成不成功,时间就在那里,不增不减;爱情就在那里,不偏不远。2013年,我们还有三百六十五天实现自己的梦想,考好了我为你鼓掌,考不好我为你加油!

——2013年1月2日

如果不充满力量地保持自我,就不可能有爱情。

——2013年1月28日

如果一切只是为了吃喝拉撒,那不如去做猪,咸鱼都知道翻身。知道自己想要什么真的很重要。

——2013年2月14日

学习就像排山倒海一样,绵绵不绝。

——2013 年 2 月 24 日

他跌倒,你们一再嘲笑,须知,他跌倒在高于你们的上方。

——2013 年 2 月 27 日

冲刺三天,病了。

——2013 年 3 月 18 日

努力。

——2013 年 4 月 2 日

不做下一个谁,就做第一个我。

——2013 年 4 月 11 日

毅力也许是上天赐予的我最好的礼物。

——2013 年 4 月 20 日

一定要把英语拿下!

——2013 年 5 月 3 日

我是最聪明的,哈哈。

——2013 年 5 月 12 日

懦夫把退路留给自己。

——2013 年 6 月 11 日

英语学得我想撞墙!

——2013 年 7 月 2 日

拿到毕业证了,开心。

——2013年7月17日

我们拖延着荒废掉的每一天,都是以后岁月里最年轻的一天。

——2013年11月4日

2014年,自考最后一年,二十一岁

如果你想获得成功,那第一步就要坚守你的信念。

——2014年1月7日

要学的太多了。

——2014年3月11日

每天回家学习三小时。

——2014年3月17日

别让每一天都离梦想更远。

——2014年4月8日

不学习的时间过得好慢。

——2014年4月30日

熬过来的苦难都成了资本。

——2014年5月12日

我们一定会有美好的未来。

——2014年5月28日

做什么都好,只要你肯坚持。

——2014 年 6 月 3 日

起早贪黑地学吧,不然迟早后悔。

——2014 年 9 月 10 日

天天学英语都快学吐了。

——2014 年 9 月 16 日

大家都在为梦想而努力,真好。

——2014 年 9 月 28 日

胜利在招手!

——2014 年 12 月 14 日

当努力成为习惯,目标也就顺理成章。

——2015 年 2 月 10 日

绷了这么多年,能躺在床上发发呆,真美好啊。

——2015 年 5 月 31 日

One journey ends, one life begins, one truth will find you free again.(一次旅程的结束,一段生命的开始,一个让你重获自由的真理。)

——2015 年 6 月 2 日

跳 跃

这次找工作和以往不太一样，因为我终于有了本科学历，似乎和其他同龄人一样了。

有一次在自考群里和同学们闲聊，聊到职业，郑一建议我：

"你学心理学专业，可以去互联网公司当产品经理，或者做与用户体验相关的工作。"

当时群里有很多同学都在互联网公司工作，有的做设计，有的做程序员，还有的做产品经理，这些是我以往的工作中接触不到的群体。通过自考我接触到了他们，并且获得了一些关于职业发展的建议。2016年之前，移动互联网行业还处在巅峰时期，从业人员的收入很可观，学历方面的竞争压力小，入行门槛也不高，于是我简单整理了自己的简历，学习了一些入门的设计软件，就开始在互联网行业找工作了。那时还盛行一句话——人人都是产品经理。

我的运气还不错，没多久就收到了一份面试邀约。那是一个大型的金融公司，我一到公司附近就意识到，这份工作和我之前的将完全不同。如果说社会是金字塔结构，那么我就是从最底层开始往上爬的，每高一层，都可以看到不一样的风景。公司在望京SOHO，那是一片像宇宙飞船一样的商业楼群，耸立着带有弧线的扇形建筑，楼下的陈设同样考究，有音乐喷泉、专人修整的草坪，以及各种风格的咖啡厅，总之在我看来，在这里工作的人，要么是富人，要么就是即将成为富人的人。我很快找到了公司所在的办公楼，大堂富丽堂皇。我之前工作过的地方，通常一进门就是办公室，不曾有过这么奢华的通道。同样，我也是第一次见到分高低区的电梯，找了半天才找到我要面试的那家公司所在的楼层。电梯飞升，仿佛一瞬间就载着我到达从未到过的高处。

那里一整层都是开放式的办公空间，五颜六色的办公桌七零八落地摆在中间，两侧的落地窗旁是休息区，非常宽敞舒适。那些正在专心敲击键盘的人，大概和我同龄，都很年轻。面试我的是项目组的负责人，她看上去刚大学毕业不久。我们坐在落地窗前的白色沙发上，她拿着一张纸，开始问我过往的工作经历，以及我对自己的职业规划。

这好像是第一次有人这么正式地问我关于职业的问题,我过去打工的很多地方连专门的人力资源部门都没有,更没有人在乎我的职业规划。

我如实地回答了。我没有相关的经验,也不知道如何通过技巧来包装自己,但我过去做的工作都和沟通有关,尤其是最近的几份工作,是和相对高端的人才打交道,所以在语言表达方面,我是有把握的。我当时的状态懵懵懂懂,具体细节我已经记不清了,只记得她问我最近在看什么书,我当时正在看一本网络小说,印象最深刻的一句话来自主人公:

"朋友、家庭、爱人,是人生的三大支柱。"

这句话和我面试的工作也没什么关系,但可能是我的淳朴以及过往的非常规经历打动了她,她让我先从产品经理助理开始做起。就这样,我听了群友的一句话,误打误撞获得了新的工作机会,从服务员、收银员、工厂女工、客服、猎头、行政人员,跨入一个新兴的朝阳行业——互联网。这次换工作,改变的不仅仅是我的行业和职位,更是全新的生活方式,甚至命运。

入职后,我有了自己的专属工位,而且第一次拥有了自己的名片,那是一张蓝色的硬质卡片,上面端端正正地印着我的名字,显得很高级。为此,我还特意练习了如何给人递名片,一定要两只手轻轻捏住名片下方的两端,双手递给对方。遗憾的是,这些名片我并没有机会用得上。为了让我们更有"国际范儿",领导给了我一个"首席用户体验师"的头衔,当然本质上我仍然是产品经理的助理,只是这个头衔看上去更洋气。

我日常需要处理和评估客户反馈的各类需求,不断与产品经理沟通产品功能如何优化和迭代,也特别考验我和各个部门之间协调的能力。与以往的工作不同的是,这份工作既要动嘴,也要动脑子,还要不断发现新事物。这种体验为我打开了一个新世界,给我带来了从未有过的新鲜感,是少有的能够激发我好奇心的工作。在这样一个系统里,我慢慢学会了如何发现、筛选和管理客户的需求;如何在多任务并行时划分出优先级;如何回应客户,以及在牵扯到不同的利益方时,如何审慎地作出决策;等等。

我身边的人也变了,同事们都是毕业于名校的大学生,平时聊天的内容也像我们的头衔那样有国际范儿。他们会和我聊移动互联网、新兴技术,聊职业规划和自我管理,以及属于年轻人的烦恼。在这样的互动中,我吸收了很多完全不同的思维方式,那是符合这个年纪的、受过高等教育的人应该发出的声音。

我偶尔也会和同事们一起去吃午饭,主要就是吐槽加班太多,或聊聊领导的八卦。但对我来说,在公司附近吃饭实在太贵了,一顿饭二三十块我并不是负担不起,但我还是心疼,童年时所经历的贫穷好像刻在了我的骨子里。于是我买了一个小电锅放在杂物室,每天中午往里面放点米煮一煮,再放一包不同口味的速食汤,就变成一锅很美味的粥了。杂物室的落地窗旁有一张长条高桌,还有吧台椅。我经常一个人坐在那里,对着窗外,看着高楼大厦,喝着粥发呆。

也是在这个时期,我第一次感受到了所谓的"阶层差异"。我记得特别清楚,有次和一个同事吃完饭,她在附近找了一家装修特别漂亮的咖啡店,菜单上有"拿铁""浓缩"这种我闻所未闻的名词,我唯一能看懂的只有昂贵的价格,大概三十块钱一杯。同事点了一杯黑咖啡,问我喝什么。在我之前工作和生活的那个阶层,大家是不喝咖啡的,因此我也没有这个习惯(我到现在也很少喝咖啡),于是我就以刚吃饱饭不想喝为由搪塞过去了。之后,我们俩坐在窗边聊天,她突然问我:

"你喜欢喝咖啡吗?"

"不喜欢,咖啡太苦了。"我找了一个很通用的理由。

她脸上露出略显高傲的神情,说了句:

"那是因为你没有喝过好咖啡。"

我们之后又聊了很多,但我都听不见了,脑子里只剩下这句话一直在回响。那位同事是北京本地人,硕士毕业于很好的学校。她总和我说,找对象要找三环内的,出了三环都不算北京。

这种"阶层"的差异还体现在日常生活的小习惯上。有一次我和一个女同事聊天,不知怎么的就聊到了洗澡。她说她每天必须洗两次澡,早晚各一次。我很诧异,晚上洗干净再睡觉,这我能理解,但早上洗澡的意义是什么?她说她觉得早上洗完澡上班会更清爽、更有精神。我纠结了半天却蹦出一句:

"那岂不是很费水?"

她匪夷所思的神情让我觉得周边的空气好像都被冻住了,可能她没有想到有人会以如此刁钻的角度来回应她的话。

还有一次,我吃完饭和同事一起在卫生间清洗饭盒。她洗完之后嗖嗖嗖地扯了好几张擦手纸,把饭盒里里外外擦干净。我很好奇地问,把饭盒头朝下控干水不就行了吗?她说不是的,你不知道水里面有多少细菌。

每次过完周末,同事们也会分享自己周末去哪玩了。有的同事说,爸爸开车带他们去附近的草原兜风了;有的是和同学聚会去逛街购物;有的是在家里看电视剧。我基本每次都不说话,虽然那会儿自考已经结束,但是我们没什么钱,章鱼哥还在上学,勉强可以自给自足;我的工资要用于交房租、吃饭以及日常开支。我们还有目标,每个月都要往存折里存几百块钱,以应对危机。其实也没什么危机，但我俩都没有什么根基，尤其是我，没钱了很可能就得流落街头，所以我们很注重储蓄。

这份工作看起来光鲜亮丽，每天出入高档写字楼，敲电脑，吹空调，休息的时候端杯茶或咖啡，站在落地窗前俯视着奔波在路上的外卖员、小摊贩、环卫工人和行色匆匆的路人。我曾试图安慰自己，这是我做过的最轻松的工作了，可实际上，我并没有在这家公司工作很久。

我人生中第一次出现"加班"这两个字，也是在这家公司。在这里，朝九晚五的工作时间被视为"不正常"，正常的下班时间是晚上八九点，有时要到十点、十一点。晚上会有人专门负责给大家点外卖，七点左右吃饭，吃完饭马上就走肯定是不合适的，还要继续在工位上熬一会儿，耗时间。

从工作内容来看，我始终觉得没有加班的必要，但看到大家都一动不动地瞪着电脑，好像在专注投入地做事，我的双腿就很难迈开步子。我开始思考是不是自己的工作不饱和，而且互联网公司的产品每周都要更新迭代，我们要盯紧新产品上线后的情况，以至于后来每一次加班我都觉得无比煎熬。公司是不支付加班工资的，职场老人对这种事情已经见怪不怪了，我对此却是愤愤不平、义愤填膺的。

有一天吃完加班餐，我直接找到小团队领导说想聊聊，我们两人便坐到落地窗旁边的沙发上。他用手推了一下眼镜,等我开口。

"让我加班可以,但是不给我转正,是有后果的。"我神情严肃地直视他的眼睛,说道。

"大家都加班,我也没办法。"他看上去哭笑不得又无可奈何。

我的威胁果然起到了作用,不久之后公司便有人找我谈话,说我试用期的表现不够出色,要么继续试用,要么走人。现在想想,那时的我还在用一种"江湖思维"去和另一个阶层的人沟通,以为那种有些江湖习气的做事风格能帮我解决问题。但事实上,我身处的行业变了,身边的人变了,系统的规则变了,而我的思维还停留在底层困境中。

这份工作没做多久,也算不上成功,但它毕竟让我入了行。那位最初给我机会的女领导依然是我人生中的一个贵人。

借着这段短暂的互联网从业经历,我找到了一份新工作,这次直接成了产品经理。那是一个三十人左右的小公司,包括我在内一共有三名产品经理,我和另外两个女孩的关系也很好,很多年后我再回北京,还和她们一起约饭。

因为一直忙于生计和考试,我其实没有什么真正的好朋友,交往的都是同事和自考的同学。但出身于社会底层,面对层出不穷的困难,我磨炼出了一身迅速适应环境的本领。上一份工作让我体会到了不同阶层的差异,经过一段时间，我调整好自己，复盘并反思如何在这个新的群体中与人相处、共事，因此再进入这样的场景，我几乎没有任何不适感。

对职场新人来说，实行扁平化管理的小公司和创业公司最大的好处就是，分工没有那么僵化，你能做很多事情，从而获得额外的表现机会。我出色的工作表现获得了领导的肯定，后来领导主动给我加薪，还把设计团队的产出也交给我把控。这是我第一次当上类似领导的角色，一开始完全不懂管理。有一次设计师发初稿过来，我让她调整来、调整去，依然觉得不满意，于是干脆自己打开软件进行调整。

后来，另一位同事私下找我说，那天我把设计师气哭了，但我当时完全没有意识到。我觉得很愧疚，于是邀请那位设计师到会议室聊聊，把事情说通然后向她道歉。我跟她解释，我不是有意为难她的，以后也会注意说话的方式。

很早进入社会带给我的一个好处是，我能快速识别出哪些事情是自己做错了、哪些是别人做错了，自己做错的就要逼迫自己改正，因为人生只有一次，犯过的错不能再犯第二次。

总的来说，这份工作我做得很开心，我很幸运地收获了很多东西，这些东西现在来看依然是可遇不可求的，比如领导的器重，合适的工作强度，在不太懂管理的时候能有一个小团队让我练习和试错，而且试错成本低、自由度高，等等。我和同事们相处得也很好。他们总说我是个特别爽朗的人，很有个性，直来直去，相处起来很简单。

时间步入2016年，章鱼哥马上就要硕士毕业了。虽然我的工作一切都好，但我还是看不到未来，那种稳定在长期看来似乎也没有什么好处。于是我又开始盘算未来——这是小时候的经历所塑造的一种本能。

当时，我偶然从网上看到一个帖子，说深圳是一个如何有活力的城市，"来了深圳就是深圳人""时间就是金钱""效率就是生命"。这些标语让我心生向往，而我还从没去过那么遥远的地方，我觉得，既然它很远，那也许会给我带来意想不到的变化和机会。又或许，它远到可以帮助我加速摆脱那些童年阴影。

虽然我从小在北京长大，但我没有北京户口，也没有归属感。在北京，我只是在漂泊和努力，让自己生存下去，离开对我来说一点都不难，过去没有什么可留恋的。

当然，深圳最吸引我的一点是，那里四季如春，我就可以经常穿着小裙子，再搭配一双小高跟凉鞋。我深深地认为，冬季比较长的城市不适合矮个子生活，原本就矮，棉鞋和棉服会让人看上去更像个圆滚滚的皮球。这是我最初、最单纯的想法，却意外地促成了最正确的决定。

和章鱼哥说了我的想法后，他没有异议。我立即向公司提出了离职申请,领导也想通过涨工资挽留我,但我去意已决。草草地和北京的朋友吃了告别饭,把租的房子退掉,简单收拾了行李,我们就动身去了深圳。

那是2016年,我二十四岁,距离我十三岁进入社会,已经过去了十一年。

南下

离开和到达对我们来说，就好像一朵浪花随着海浪被冲上岸边然后回落，一次次地重复，很简单。

一只行李箱、每人一个双肩包，以北京西站为起点，深圳罗湖火车站为终点，一列绿皮火车载着我们，完成了人生中第一次大规模迁徙。那是我俩第一次从北方南下，沿途经过很多车站，越过了北方的平原和南方的丘陵，穿过了麦地和油菜花田，跨过了日与夜，也连通了我们的过去和未来。

我们睡在火车的上铺，睡下铺的是一位深圳大叔，当地人。在和他聊天的过程中，我们把自己的忐忑和担忧都表露了出来。我说，我们在深圳没有朋友，也没有家人，就这样过去，不知道能不能过好日子。大叔坦诚地说：

"那可是深圳。你们是年轻人，有的是机会。"

他还给我们讲了身边的很多人到深圳发家致富的故事。那些故事加深了我们的期待，也给了我们信心。我觉得在北京我都游刃有余地应对，何况深圳呢。肯定没问题，我们一定能在这里过上很好的生活。

工作未定，没有住处。到深圳后我们先是住在蛇口的一家小酒店。当时是夏天，棕榈树、杧果树、满街的大排档和吆喝声……一切都很新奇，我们仿佛进入了一个未知而崭新的世界。第二天，我就开始马不停蹄地投简历。我们计划先找到工作，再根据工作地点确定在哪里租房。一切都很顺利，只等了一两天我就拿到了两家公司的面试通知并全都面试成功。我没有过多考虑发展前景，而是选了给钱更多的那家公司。

那是我在深圳的第一份工作，月薪一万多，是之前的两倍，而且还有年终奖，这让我兴奋得不得了。在蛇口的那家小酒店里，我和章鱼哥吃着麦当劳，感叹着每月一万多的"巨款"，要知道，那时候我们一年的计划储蓄金也不过一万块。现在我明白了，选择职业时，钱并不是最重要的考量元素，因为钱多钱少都是暂时的，晋升空间和行业前景要比眼前的薪资更重要。但当时我不懂，也没人教我，我觉得只有拿在手里的真金白银才是最真实的，也是我们最需要的。

和公司约定了四五天后入职，趁这个时间我们开始找房子。市区的房租太贵，我们只能从可以接受的最远的位置开始找。通过找房子，我们才开始意识到，在深圳生存相当不容易。

来深圳前，我们对农民房有所耳闻，看房子的时候，我们才真正了解农民房真实的样子。那是当地农民自己盖的小楼，以村为单位，聚集在一起形成一个个包围着写字楼、商务区和住宅小区的城中村。这种房子最便宜，但采光、通风和卫生条件都不好，楼与楼离得很近，有的还被称为"握手楼"。我们没有选择农民房，而是找了一个住宅小区里的一套三室一厅的房子，和另外两家人合租，主卧住的是一对情侣；次卧住着一个残疾人，他只有一个胳膊，是个程序员；我们则住另一间卧室。这套房子位于七楼，没有电梯，但是价格很便宜，附近还有体育中心。

租好房子后，我们就给东哥打电话，拜托他把我们之前留在北京的东西快递过来，其实也只是些旧衣服，以及当年章鱼哥给我做萝卜炖肉时用的电磁炉。深圳的生活成本比北京高很多，在北京，花五毛钱可以买一根黄瓜，或者花一两块钱买一堆菜，而深圳的物价比北京高了将近一倍。所以，能省一点就省一点，即使工资翻倍了，可我们的消费习惯还保持着以前的节俭和克制。比如我俩经常从住的地方走两站地，溜达到一个批发市场买菜，每次都买一大兜,够吃一周,这样能省十几块钱。

深圳和北京有很多不一样的地方,比如在深圳的菜市场,卖菜的叔叔阿姨会帮你把土豆皮削好,把肉切成条或丝,也会帮你把菜择一择。他们还会在结完账后,往你的塑料袋子里丢几根小葱或几瓣蒜。深圳的蔬菜和水果种类也更多。我们到了深圳之后才知道,原来每餐都要有一个绿叶菜和一碗汤。

最令人印象深刻的是,这里真的几乎全是年轻人,刚到深圳的那天,坐地铁去酒店的路上我们就感受到了这股专属于深圳的"年轻人气息"。章鱼哥望着塞满整个车厢的年轻人,感叹自己是这个车厢里唯一的"老年人",该"退休"了。深圳的确如此,无论是在地铁、公交,还是马路上,很少看到中老年人。这是一座年轻的城市,处处都充满生机。当然,年轻人挤地铁也是真的有劲儿,我这种小体格会被轻易地夹带上车,被挤成"肉夹馍"。

入职后发现,这里的职场环境也与我之前所经历的不太一样,可能是行业变了。之前干的工作多多少少需要陪领导喝酒、给领导敬酒。在深圳,公司第一次团建的时候,领导拿了一瓶红酒放在桌上,告诉大家:"你们想喝就喝,我不喝。"

年底发年终奖的时候,大家挨个进入人力资源的办公室,再笑嘻嘻地出来。我入职的时间并不长,原本没有什么期待,可没想到领导也让我在领取年终奖的表格上签字。我看到上面的金额是三万多。那是我人生中第一次拿到年终奖,我忍住内心的狂喜(不能显得自己没见过世面),哆哆嗦嗦地签下自己的名字,然后领到了一沓现金。那天我穿着棉坎肩,就把钱全放进里侧的兜里,连中午出去吃快餐的时候都带着,生怕放办公室丢了。那一整天我都心神不宁的,没事儿就摸摸兜里的钱还在不在。

回家之后我才告诉章鱼哥我拿到了年终奖。当我就像摆扑克牌那样把所有现金都铺在桌子上时,他的眼珠子瞪得溜圆,因为他之前也没见过这种阵仗。我们反反复复把钱数了好多遍。数钱时发出的嚓嚓嚓的声音,真的好悦耳。我们没有多说话,只是不断发出一声声感叹,但他的表情告诉我,此刻我们心里的想法是一样的:深圳啊深圳,来对了。

这笔年终奖我们一分没花,都存起来了。我们的储蓄习惯是从他读研时开始养成的,这期间虽然经历了数次被骗,还要负担高昂的房租,但我们每个月都会定期储蓄。这个习惯在来深圳后也没有变,工资翻几倍后也没有变。

有一次我买了一瓶稍贵一些的护肤精华,朋友看到我抹脸的样子,好奇地说:

"我第一次看见有人用一根手指头擦乳液。"

"因为这样擦得更有针对性。"我回答。

真实的原因是，用一根手指头擦脸，可以让精华乳尽可能多地留在脸上，而不是抹在我的手指头上。

就这样日复一日地上班，直到一个周末，在出租屋百无聊赖的我突然提议说：

"要不，咱们去看看房子吧？"

住在次卧的程序员大哥没办法自己做饭，经常出去吃，所以他对周围非常了解，附近哪里有大超市和便宜的菜市场，我们都是从他那里知道的。他当时顺嘴说了一句，某个大型超市的楼上有三十多平方米的一室一厅的房子，很适合小两口住。一开始我们并没有放在心上，总觉得在深圳买房不太现实。不得不说，我人生中的很多关键选择都来自身边人不经意的一句话，但我听进去了，并记在心里了，于是那些话就成了改变我命运所必备的天时地利的条件。

我提出去看房子，也只是想了解一下行情，考虑到我俩当时的收入比较稳定，去看一看总还是可以的。章鱼哥也没有丝毫犹豫。我俩牵着手，蹦蹦跳跳地出门了。我们先是坐地铁去了很远的郊区，那里荒无人烟而且房子很老旧，我们不懂什么是买房投资，只觉得不能再回到那样的房子里住了，人要向上走，就得有向上走的样子。

于是，我们在买房网站上找了一个稍微靠近市区的区域，找到了程序员大哥曾说起的那个小房子，它在一个大型超市的上面，旁边都是大户型，它夹在走廊中间，客厅的窗子正对着走廊,卧室的窗子则挨着别人家的大门,房子的面积只有三十七平方米左右,用章鱼哥父亲的话来说,那是兔子窝。

小区的位置很好,楼下就有大型超市和电影院,还有两个地铁入口。当时和一个带着孩子的妈妈闲聊,她说她有半年多都没出小区,在小区里就能满足所有生活需求,可见配套是多么齐全。几乎是在看到那个房子的一瞬间,我们就下定了决心,因为我们负担得起,当然也没有更好的选择了。当时我在脑海中已经勾勒出我们住进来的样子:哪里放床,哪里放沙发,章鱼哥搂着我,我们一起吃零食、看电影、读书……这些不再是逃避现实时的幻想,而是一种近在眼前的规划和期待。

那个小房子总价一百多万,需要交一万块定金,但我们的钱都存起来了,没有这么多流动资金,而且看房子和买房子都是临时作出的决定。于是我们给亲朋好友打电话,周转了一万块钱,交了定金,原房主则给我们一个多月的时间去凑首付款。章鱼哥也给他爸爸、姥爷、舅舅分别打了电话,恳请帮我们凑一凑首付款。

办完所有手续、签完合同之后,已是深夜。从早上出发去看房子到交定金,不到十二个小时,我们一共就看了两套房子。就这样,我们买下了人生中第一套房子,而且是在深圳。我们舍不得吃、舍不得穿,月月储蓄,却舍得一下子花一百多万买一套房。之后的事实证明,这一切都是值得的。这个房子承载了我们未来的一部分生活,改变了我们的心态,房价上涨后也为我们带来了一小笔财富,让我们在物质上获得了一定的安全感,从而为我们在职业发展、生活方式和学业上的"冒险"提供了后盾和支撑。

我和章鱼哥返回出租屋,蹑手蹑脚地钻进房间。灯光幽暗,他光着膀子,靠着墙瘫坐在床上,我盘腿坐在他旁边,我们彼此注视,眼中闪着亮晶晶的泪光:

"我们有房子了。"章鱼哥带着难以置信的语气,一切都是这么快,又这么简单。不可思议。

我却沉默了。那个无数次在空房间里幻想的小女孩,那个抱紧自己双膝,偷偷流眼泪的倔强的小女孩,那个小女孩——我,终于有家了。虽然这个房子很小,但比我幻想的那个房间好,也比我住过的所有房子都好,虽然它在那栋楼里,甚至在整个深圳,可能都是最差的户型。

那晚我俩都没有睡好,一直在畅想未来的生活,在想怎么把首付款凑全,以后该怎么管理现金和存款。他父亲承担了首付款的一大半,他姥爷也出了一些钱,再加上我们自己的存款,总算把首付款凑齐了。之后办理房产过户和贷款手续大概用了一两个月。前房主当初花四五十万买下这个房子,后来打算把房子卖掉回武汉换一套大的,帮助她丈夫在当地做装修生意。

还没有办完房产过户的那段时间，我们去过她家好几次，每次就坐在沙发上，我的眼神会不自觉地瞄来瞄去，忍不住去想象要怎么装扮这个房子。我们早早地就在网上选了一些家具，价格都不贵。因为买这个房子几乎花光了我们所有的积蓄，没有钱重新装修了。

于是我又开启了省钱大法。我自己买墙漆，然后在同城网站上找了一个油漆工，他只收一千块钱，花了三天时间就帮我们把所有墙面都重新粉刷了一遍。那个大叔四十多岁，1991年来到深圳，深圳的许多房子都是他盖的，但他自己只能窝在十平方米的农民房里。他说自己没有文化，干一辈子也就这样了，他还鼓励我，将来房子涨价了，我可以把这个房子卖了换套更大的。可房价涨，意味着大户型的价格也更高，我们更买不起。超过经济承受能力的东西，我们不敢想。

大叔原本正在干活，听我们这么一说，突然撂下手中的刷子，转过头来盯着我们，眼里放着光：

"在深圳这种地方，怎么还不敢想？"说完，他点了根烟。

房子太小了，以至于刷完漆后都显得焕然一新。考虑到日常使用的需求，我们还是咬着牙重新装修了小厨房。说是厨房，其实就是和客厅连在一起的一小块区域，可我觉得它最重要，因为吃饭是件大事。门窗都是旧的，我们没钱换，也懒得折腾。当时租的房子快到期了，虽然新房里还没有床，但我们还是搬了进去。

晚上我们就在卧室的木地板上铺一张野餐垫，睡在上面，那是我们第一次打地铺，很自由也很方便，空间更大，有种原始的风格，好像睡得贴近地面，连生存能力都可以变强。这在无意中奠定了我们后来的浮浪生活，在那之后我们不仅睡在木地板上，还曾睡在石头上、湿乎乎的牛粪上、洁白透明的冰川上、闪耀着绿色极光的森林土地上。

房子尘埃落定，算是完成了人生中的一件大事。另一件大事是，我们要结婚了。当时也没有谁主张、谁附议、谁操办，我们只是觉得到了成家的时候。从 2012 年恋爱，到 2017 年结婚，我们已经在一起五六年了，是时候为对方做出更郑重的承诺了。

结婚的流程也很简单，我们花三十块钱拍了结婚证件照，然后去深圳一家民政局领了证。我们没有举办婚礼，因为我基本没有什么亲戚，朋友也不多；而他生长在离异家庭，家庭成员比较复杂。我们就这样节省了一笔不小的开支，简简单单地领证，然后去云南玩儿了一圈，算是度蜜月。我小时候没有幻想过自己的婚礼，而章鱼哥天生反骨，对大操大办的婚礼更是嗤之以鼻，所以我们非常自然地翻过了婚礼这一篇章。

结婚后，我们的生活和之前没有任何区别，因为我们不打算生孩子，十年八年内这个想法应该也不会改变。孩子对我们来说意味着要许下更重的承诺，担负更多的责任，也会给我们简单的亲密关系增添一个复杂的变量。我们都渴望自由、简单、肆意的生活，对于任何需要做加法的事情，我们都很谨慎。

那个时期，我把更多的精力放在了工作中，我所在的团队有五六个人，碰巧我的前领导产品总监离职了，于是副总经理便提出让我接替这个职位。好处是，可以不用那么忙了，不需要亲力亲为做执行层的琐事，只需要保证团队里的成员做事不出错，并且在战略层面规划产品发展的方向。当然，让别人给自己做事，也会面临很多难题，比如如何处理同事关系，如何提升沟通和管理技巧，如何派分任务，如何管理别人的时间，等等，这些都是我面对的全新挑战。但无论如何，我有了更多闲暇时间，有时坐得累了，我就跑到空楼层望着窗外发呆。

我有时间思考了。当我认真审视自己内心时，当下工作的意义似乎变得很弱，它并没有使我快乐，反而让我有点迷茫。回想过去，我好像也不需要什么帮助，在以前的环境中，任何帮助对我似乎都是无效的，因为我已经脱离了正常的轨道。但此刻，我想帮助自己，去看到那个一直在拼搏却被忽略且压抑的自己，那些我从小渴望但是仍旧没得到的东西——真正的教育。

在深圳,在富丽堂皇的楼宇中,我胸前贴着产品总监的名牌,有着看似光鲜的头衔,可那个常常在空房间幻想的小女孩却被映衬得越发清晰。我萌生了再去上学的想法,那是一种未曾了却的心愿,几乎成了心结。我的生活变得越好,那个心结就越发明确,它催促我赶快打开它。可能多数人是把上学作为获得更好生活的手段,但我不同。对我来说,能上学本身就是更好的生活。

我 要

我要上学。

刚开始了解深圳一些大学的专业时,我也只敢看非全日制的,我想半工半读,因为身上背着房贷。日子过得越久,越能感受到那种负担的重量,如果只靠章鱼哥一个人,那他的压力太大了。但一想到自己找工作时总会卡在非全日制自考学历上,我就很不甘心。我的命运不应该卡在一张纸上。我不想再读非全日制的专业了,那代表我没有正常的校园生活,没有老师和同学陪伴,可全日制的专业又没有特别适合的,这使得我在做下一步决策时耽搁了一段时间。我不喜欢那种停下来的感觉,所以纠结之余我又通过自学考取了会计从业资格证。我的想法是,如果我不能继续上学,那就在金融行业里想办法往上爬吧。

我没法彻底闲下来,那时候我满脑子都是危机感:怕还不上房贷;怕将来找不到工作;怕遇到危机我们无法应对。可能在外人看来,我已经是一个非常自信、阳光,做事雷厉风行、说一不二的人了,但只有我自己知道,我浑身上下长满了看不见的刺,除了章鱼哥,我不想让任何人真正了解我。除了早期做服务员时,以及在网吧做收银员时认识的同事以外,后来认识的人都很难走进我心里。每当结交的新朋友问起我父母时,我总说爸爸妈妈在农村老家,我平时不回去。

由于内心的封闭,我拒绝别人走进来的同时,也不想真正了解别人。可我又充满了矛盾和纠结,一方面我觉得自己需要,也愿意坦诚地表露自己、信任他人,真诚地交朋友;另一方面,又深深逃避那个被父母伤害的自己,试图否定她的经历,甚至否定她的存在,她所经历的一切都被我锁起来。这种挣扎似乎将我分裂成两个截然不同的人,一个是和章鱼哥在一起时的那个小女孩,另一个是面对外人时假装强大的我。

十三岁,我就被继母和父亲扔到社会上,我的成长是断崖式的,从一个未成年的孩子被迫瞬间长大成人。自己上班、下班,自己买锅碗瓢盆,自己买衣服,自己决定怎么花钱,生病了自己扛,被欺负了自己偷偷掉眼泪,自己理解死亡的含义。

这中间，我缺少了校园生活和与同龄人的正常交往。校园本是给孩子提供心理安全的场所，可以让他们自由地表达，自由地探索社会基础规则，在不断探索中，他们可以形成适合自己年纪的、符合自己生活场景的价值观和社会观，这才是一个正常的、循序渐进的社会化过程。就好像每一个人都是不同的颜色，可以在学校找到自己的相近色，在与他人交往的过程中，自己的颜色也在不断地与他人融合或剥离，最后形成独一无二的本色。

而我，从小生活在杂乱的环境中，从各种底层职业到职场白领，我和形形色色的人共过事，我从各种街头的、世故的男女老少身上接收信息，再形成自己的言行风格，我就像是一个组装人。我必须学会也必须适应，怎么和不同的人打交道。其实那时的我并没有真正学会，我只是在扮演一个成年人。在那个分崩离析的世界里，我找不到自己，我常常觉得自己根本不存在。

但我很幸运，章鱼哥给我的爱太强大了。我感冒时，鼻子不通气，他会把卫生纸搓成长条轻轻地塞到我鼻子里帮我清理鼻涕；他会帮我揉后背；他会帮我倒一杯加了蜂蜜的水；他会用自己的额头轻轻触碰我的额头，然后亲吻我；我几天不大便，他会比我还焦虑。他每分每秒都在让我更有勇气去看见那个小女孩，所以慢慢地，我开始接受自己，并试着从阴影中走出来。健康的亲密关系就像一面镜子，可以让我们从对方的眼中看到自己，看到我们想成为什么样的人，或者应该成为什么样的人。我从镜子中看到了希望、力量，以及改变我命运的东西。

我开始勇敢地尝试去参加更多与职业相关的社团活动，去认识形形色色的人，去学习新东西。每当我真正打开自己，把自己抛向那些有着不确定性的环境中时，便会有新的机会跳出来，就像波涛汹涌的海浪把一滴浪花卷起，抛向天空。

有一次，我和一个做设计师的女孩一起参加活动，她无意中对我说，我可以去申请香港理工大学设计学院的硕士学位，那里有适合我的专业。那次不经意的交谈一下子触动了我，我瞬间就有了一种茅塞顿开、醍醐灌顶的感觉。香港离深圳那么近，为什么我从来没敢往那里想？就像当年那个司机李靖建议我自考一样，她的一句话如同指南针，为我指明了一个可能的方向，但这个方向是否可行，还需要我自己去探索。

于是，当晚我就在香港理工大学的官网仔细研读了所有专业的信息和录取要求，理性和直觉都告诉我，这事我能做成。当然，新的问题也摆在我的面前，学费和生活费加起来要二十万左右。我们刚买完房子，没有什么存款，仅剩的一点钱也是用来应急的。但章鱼哥没有犹豫，他非常支持我。他说只有一年的课程，他辛苦一点还是可以供我的。他懂我，知道我有多么渴望真正地去上学。

了解了需要准备的所有材料后，我再一次开始备考。因为没有钱，我舍不得报辅导班或专业机构，只能靠自己摸索。但这也是四年自学考试生涯带给我的优势之一，凡事都靠自己搞明白。这一次，我没有再考虑心理学专业，而是选择了设计相关的专业，这和我当时所从事的职业相关。课程所涉及的知识也是我未来在实际工作中能用到的。这时的我已经长大了，已经过了纯粹为兴趣爱好去做一件事的阶段，也学会了理性分析时间和金钱的投入产出比。

对于一个初一辍学、没有接触过系统性英语教育的人来说，雅思的难度可想而知，我一开始只知道一些简单的语法和词汇，口语水平更惨不忍睹。于是我又回到了自考时期，开始做我曾经熟悉又擅长的事，野蛮地、不知疲倦地在枯萎的草丛中生长、向上，把自己激励得充满斗志、充满力量。

我开始做详细的计划，把每天拆分为可以在公司学习的时间和在家学习的时间，我不怕时间的碎片化，我的计划会把时间碎片像珍珠项链那样一颗颗串联起来。我备了个小本本，上面写着每天要听写完多少个单词、做多少篇听力和阅读。为培养语感，我连睡觉时都戴着耳机听英语。那段时间，我努力营造一种氛围，就是让英语把自己包围起来。这样持续了几个月,第一次考雅思我得了5.5分,时隔不久的第二次考试我就考到了6分。

必须"谦虚"地承认,我是有语言和学习天赋的。雅思虽然难,但对我来说它并非高不可攀,即使我在起跑线上被绝大多数申请者落下很大一段距离,可我只需要每天踏实地学习,进步就是看得见的,而且不断积累。在这一点上,其实我们都一样,只是有时候太着急,静不下心,被对困难本身的担忧和恐惧困扰着。如果让我说,我认为培养学习能力最重要的前置条件就是有一个沉稳的心态,只有心态稳了,才能把知识学进去并记下来。不然即使花费再多的时间和精力,最后可能都没有吸收进来,这就如同射击,靶子稳定,我们才更容易射中靶心。

过了英语这一关,还需要一封来自老师的推荐信,这对我来说反而有点难,因为我在自考阶段没有什么老师,只有一位当时辅导我本科毕业论文的老师,她是来自宣武医院的一位与心理学相关的医生,也是我能想到的、曾遇到的为数不多的"老师"之一,但我们三四年都没有联系了,我只能抱着试一试的心态给她发了封邮件。在邮件中我这样写道:

老师您好!

我是2014年您带的自考北大心理学毕业生之

一，当时我的论文主题是关于学生的焦虑与成就动机的关系，我还去宣武医院找过您签字。非常抱歉在百忙之中打扰您。

自考本科毕业后，我一直想在学业上有所进步，希望有机会接受更好的专业教育，并为此努力。我的自考本科平均分是87分，已获得学士学位，我想申请去香港的学校读硕士，但申报时需要本科阶段的导师写一封推荐信，并签字。

推荐信的内容非常简单，就是关于我学习情况的介绍，我已自行完成并译成英文，如您方便并且愿意，我可以将推荐信邮寄给您，或请在北京的朋友给您送过去，您签字即可。这封推荐信是申请去香港读书的正常且必要的手续，您无须承担任何法律或声誉风险。如您愿意帮忙，我将万分感谢。

如果还需要更多的资料，我都可以提供，比如成绩单、毕业证书等。

拜托老师了！

2017年9月6日

五天后，老师回复了我的邮件，并且把她的手机号码给了我。后来我们打了电话、加了微信，我也把详细情况

和老师说了。老师非常支持,毫不犹疑地签了字并且把文件快递过来了。我当时并不确定能否考得上,于是给老师发信息:

"我也不知道能不能考上,反正尽力吧。考上了我和您说。"

"没事的,条条大道通罗马。"

看见这句话,我心里没有丝毫放松,反而多了一分惆怅。我非常感谢她,可我还是觉得,人们说条条大道通罗马,是因为很多人已经在罗马了。而对我这样的人来说,每一条路都必须当作唯一的路,全力以赴。我没有退路。

递交所有材料后,我养成了每天看邮件的习惯,终于在某一天早上,我查看邮件时,一封面试邀请蹦了出来。那一刻,我的心扑通扑通的,好像要从胸腔里跳出来,这可比查看自考成绩刺激多了。我立刻和章鱼哥说我拿到学校的面试通知了,他正睡得晕晕忽忽、半梦半醒,听到我的话立刻清醒了,精神焕发,一把搂住我,说:"好好表现。"

我感觉到,改变命运的钥匙又握在我手里了,我要好好利用。距离面试还有一周左右的时间,我充满幻想的脑袋开始每天设想面试老师可能会问的问题,以及他们的表情和对我的态度。我每天跑到楼顶自问自答,练习口语,还用手机录视频来观察自己的面部表情。

网络面试通常需要十分钟左右，但那天我请了一整天假，专门在家里准备。我还精心打扮了一番，那时我一头长发，留着齐刘海，看上去还是小女孩的模样。

时间到了，准备就绪，我加入了线上会议室，两个面试老师很快也上线了。他们问了我很多问题，我已经不记得自己回答了什么，但那种紧张到颤抖的感觉还记忆犹新。我还记得，老师们看着我，一直笑眯眯的。

面试后很久都没有消息，我等得很心急，于是经常发邮件给小秘书询问进度，小秘书告诉我，我的名字在候补名单里。也就是说，只有那些更优秀的人放弃机会，才可能轮到我，我得等着。我没有放弃，继续询问我在候补名单里面的排名是不是靠前，小秘书说，位置还可以。于是我又继续等了很久，终于在某一次询问后，小秘书给我回信：

"Thank you for your continuous effort to follow-up on your application. The panel has revisited your application and I am glad to tell you that they have decided to proceed your application further.

We hope you will be informed of a favourable result by the end of next week from the Academic

Secretariat."

（感谢你对申请的持续跟进。我们再次审阅了你的申请材料，在此很高兴地告诉你，我们已经决定进一步推进你的申请流程。学院秘书处下周前会给你答复，希望你能得到一个理想的结果。）

每年的四月底结束申请，我是在四月中旬收到这封邮件的，距离我递交申请已经过去了半年多。终于等到了我想要的结果，那一刻我却觉得有些不真实——我想做的事情真的做成了吗？

接着，正式的 offer（入学通知）来了，那是一个周末的早上，八点左右，我打开邮箱一眼就认出了 offer。我的心情却异常平静，能做的我都做了，成功难道不是水到渠成的吗？我立刻就开始盘算下一步应该做什么，我要交学费、拍证件照、在香港租房子等等。我似乎不习惯让自己一直沉浸在快乐的情绪中，我总会想下一步该怎么办。章鱼哥非常开心，从床上蹦下来，在卧室和客厅来回踱步，嘴里默默嘟囔着："太棒了！太牛了！"为了纪念这一刻，我拍了一张有着灿烂笑容的照片，也许并不是为了庆祝拿到 offer，而是再一次验证了我有多厉害。可同时，我心里却控制不住地闪过一丝忧郁和遗憾，如果父亲能知道这个消息该有多好。我真想带他到香港逛一逛，去校园里看一看。

之后，我又一次提出了离职。这次南下，从北京开始，以深圳为中转，在香港结束。那是2018年，我二十五岁，距离我第一次出来工作已经过去了十二年，我再次实现了自己在空房子里的幻想，即将踏入一所非常知名的高校，去读它的王牌专业，我也会有老师和同学——在教室里的那种。当初那种被动的、断崖式的生长中，所有的断裂和残缺，我会用尽全力将它们一点一点填平。

我终于要上学了。

狮 子

从被命运推着走的未成年时期,到十八岁开始自考,我终于知道了自己想要什么,而且这个"我要"是发自内心的呼喊,而非对外部条件的被动反应。我早早就被父亲和继母推入社会,被外部环境牵制着生存。为了生计,我曾小心翼翼地扮演一个成年人。以后,我可以不再这样活着。

看到出租车司机李靖对我说的那句话时,我好像真正成年了,那一刻就是我的十八岁生日。别人十八岁的时候,要填高考志愿、选择未来的方向。而我,不是在二十岁时,也不是在十六岁时,恰好是在意味着成年的十八岁时,遇到了出租车司机李靖。他为我指明了方向。这是一个神奇的安排,当我回头看的时候,仍然不能确定这是命运还是巧合。成年对我最大的意义就是，法律层面我成为一个独立的个体，可以主动地作出选择，并为自己的选择负起责任。

从2011到2014年，自考的四年，我好像进入了另一片天地，那里充满着秩序、光明和力量。我第一次有了清晰的目标感，不仅收获了自考所培养的能力和学历，也收获了爱情。2015年，我还尝试考研，其间也完成了真正的职业跃升。

离开北京去深圳，虽然是我们主动作出的选择，但其实冥冥之中好像有一只无形的手，在拨动着我命运的琴弦。我还记得，离开北京前，我们斥"巨资"去国家大剧院听了由里卡尔多·穆蒂指挥、芝加哥交响乐团演奏的贝多芬的《命运交响曲》和马勒的《巨人》，也许是那种激昂的旋律在无形之中推了我们一把。

之后再从深圳到香港，我终于可以进入渴望已久的校园。虽然说起来就是这么简单的几句话，但过程却持续了很久很久，其间也不只有我一个人在努力。我得到了很多人的帮助：一句话点醒我的出租车司机李靖、放任我一边看书一边上班的公司领导、给我提供职业跃升机会的同事、提醒我可以考入香港理工大学的朋友、帮我写推荐信的老师，还有爱我、支持我的爱人。除了来自父母的亲情，人生三大支柱我已经有了两个：友情和爱情。我还有什么不满足的呢?

我自己也争气,既然有了天时地利,我就更加拼命地往前走、往上走。我始终认为,相信什么,就会成为什么样的人。我相信,当我们对当前生活不满时,去努力是有回报的,不一定是金钱或地位。就好像一只小虫子一直在推一块石头,它可能推不动,但在推的过程中,小虫子也成长了,它没有停留在原地,它的心理韧性变得更强,没什么能轻易让它退却。我还相信,有时候为了走直路,我们需要先走一段弯路,就像我碎片式的、被打乱的人生,反而给了我巨大的勇气和能量。

狮子总是在狩猎,它不断扑向一个又一个目标。当我有了目标感,并且一步步实现目标之后,这种持之以恒的坚持给了我坚韧和信心。这些特质让我在面对外部的目标时保持高效的行动力,而当聚焦于自己的内心世界时,我也更有勇气去直面那些曾被我忽略、压抑的痛苦和情感,让整个心灵都能够得到重塑。

第三部分

赤子

但是,兄弟们,请告诉我,
那连狮子都无法做到的事,孩童又能奈何?
为什么勇猛掠夺的狮子还要变成孩童呢?
孩童是天真而健忘的,一个新的开始,
一个游戏,一个自转的旋轮,
一个原始的动作,一个神圣的肯定。

——
弗里德里希·尼采《查拉图斯特拉如是说》

自 卑

我总是穿着十厘米的高跟鞋。

从记事起,我就是个儿矮的那个小孩儿。可能是从小营养不良,也可能是小时候在工地上搬了太多砖、干了太多活,把该生长的骨骼生生往下拽了。但那时我还没有高矮的意识,也没觉得自己难看。可等上了初一,同学们都陆续发育了,我开始意识到自己的不一样。做广播体操时,我永远站在第一排,同学们都在专心做动作,我却总在"打量"自己。站在那里,我好像被火烤一样。

从那时起,我开始穿高跟鞋。家里人不知道从哪里捡到了一双旧鞋子给我,那是一双十厘米高的粗跟鞋,带一点鞋帮,灰色的,皮革材质。我开始穿上那双鞋,搭配校服去学校。打工子弟学校的孩子，穿什么的都有，老师们也不管。踩上那双鞋子，我瞬间长高了十厘米，虽然只是十厘米，却好像让我获得了一件有魔法的武器。它让我离成人世界更近了。我不再是那个不被人看见的小孩儿了。

从那之后，我几乎一直穿着高跟鞋。我的内心是很矛盾的，因为我穿上十厘米的高跟鞋其实并不协调，就像小孩儿偷穿大人的鞋一样。我武装自己的同时，心里又很排斥，总觉得自己有种"丑人多作怪"的感觉。渐渐地，走在路上，我总觉得别人都在看我。尤其是在十字路口等着过马路的时候，四面八方都停了很多车辆，那是我最难熬的时刻，我又有了被火烤的感觉，总觉得自己像一只过街老鼠，人们都在看我。他们一定在想：这个人好奇怪啊。

在那种时刻，曾经被生母抛弃的我、被继母欺负的我、被父亲忽略的我、被老板压榨的我、被别人打击的我……一个个奇怪的形象好像都骑在我的脖子上。我甚至不知道该怎么走路：我是应该落荒而逃走得非常快，还是应该气定神闲走得慢一点？我的眼神应该看向前方还是地面？我想尽办法让自己看上去像个正常人。这种来自内心的否定和挣扎被我隐藏得很深。我不懂那种觉得自己很奇怪的想法源自哪里，那肯定不单纯是因为身高。继母来我家之前，我是那样一个阳光灿烂的疯丫头，她来了之后，我生命的底色变得越来越黑暗。尤其是早期进入社会的时候，我身边没什么同龄人,也没有朋友。也许是我太想被人看见了,却又没人看见我,这让我像一个挣扎的小丑,在拼命让自己变得像成年人的同时,也变得越来越奇怪。

我还记得,父亲出车祸后,我去医院时也是穿着厚底的凉鞋,即便在后来给他办丧事的时候,我也穿着十几厘米高的短筒靴。农村的路很难走,但是我从来没想过换一双鞋。那种对高跟鞋的执着,还体现在我和章鱼哥的日常相处中。在我们的出租房里,我的拖鞋也是坡跟的,至少有七八厘米高。就连我们去北京的八大处公园爬山的时候,我也穿着十厘米的坡跟鞋。有一个路过的男人看见我的鞋,还笑着和他的同伴说:

"人家穿着高跟鞋都上去了。"

他的话也许是恭维,但我觉得很刺耳。多么奇怪的一个人啊,爬山竟然穿高跟鞋。

那时我写下的心情日志是这样的:

感觉自己是个夹生的东西。

——2012 年 7 月 6 日

我和章鱼哥一起回他老家,他爸爸开车带我们去附近的一个动物园,我也是穿着十几厘米的坡跟鞋,走了很长的路,逛完了整个园区。我知道那时他父亲眼中的我,一定也很奇怪。我觉得自己走路的样子好像地上的某种爬行动物，在阴暗角落里匍匐前行。章鱼哥说要带我去他朋友家里玩，提前几天我就开始挣扎：怎么办，他朋友家里一定没有坡跟拖鞋。

我和章鱼哥商量：

"我能不能把自己的拖鞋带过去？"

他觉得没有必要，但我坚持要带，于是我拿了个塑料袋子，把我的坡跟拖鞋装进去。到朋友家后，他们给我拿拖鞋，我说不用，我自己带了拖鞋。虽然在低着头换鞋，但我似乎能感受到他们的眼神，我又有了那种被火烤的感觉，他们一定觉得这个人很奇怪。在这些我想象的目光中，我没有办法做一个纯粹快乐的人，也看不到自己光彩的一面。如果说父亲去世后再没有东西拽着我了，那就是我自己在拽着自己。我总觉得自己有很多缺点和不足，不值得被看见。于是我一直不断地往前走、往上走，因为我一无所有，也想彻底挣脱那根困住我的绳子。

现在，当仔细回看自己的内心时，我才猛然意识到，对高跟鞋的执念涵盖了所有我缺失的东西：那些无法表达出来的忧伤情绪，那些无法找到源头的苦难，都归因于我所能看到的"缺陷"上，那就是身高。这是一个解释，也是一个答案。我总在想，如果我长高一点、威猛一点，继母还敢欺负我吗？如果我长高一点，是不是就不会有男的敢欺负我？如果我长高一点，是不是会有更多人看见我、喜欢我？如果我长高一点，我的生活会不会变得幸福？如果我长高一点，也许生母就不会抛弃我。

我也经常假想，如果我是一个男人，我的生活会不会完全不一样？我把所有找不到答案的问题都归因于身高，这是最简单的解释，使得那些原本不合理的事情合理化。当我看到身边的男孩女孩，他们看上去那么健康，那么阳光，我便会幻想，如果我是他们，那该多好。

我曾写下：

> 我和我自己打起来了。
>
> ——2013年5月28日

我总在渴望理想中完美的自己。我想变成任何人，只要不是自己。这种对完美的追求，其实也是一种深深的不安全感。当时，我并不真正了解自己的内心，如果不能很好地认识自己，自尊就很难显现出来，自卑就开始主宰心灵。自卑感的来源有很多，主要来自那些我信任的、本该无条件爱我的人。他们却伤害了我。

我曾写下这样的日志：

> 我为什么要觉得可怜？这就是我的生活。我

甚至要感谢它，它让我在任何情况下都必须往前走。我没有退路，我只能不停地努力向前走。我为什么不能做到？

——2013年8月9日

没有任何人能改变你、拯救你，所有的担子都给自己，这是事实。

——2013年10月7日

显然，我也曾试图反抗，想挣脱那根困住自己的绳子。

这一切，外人是感知不到的。我早早地进入社会，已经学会怎么完美地伪装自己。章鱼哥是从我十八岁起就陪在我身边的人，但我也从来没有专门和他聊过我为什么对高跟鞋如此执着，以及它所代表的我内心深处的自卑。也许他知道，毕竟谁会在家里穿那么不舒服的拖鞋呢。但他从不会挑明，也不会主动来问我。

我的自卑也体现在亲密关系中：我在感情上非常贪婪，时刻需要他在身边；我总会为一些小事哭，就像吵闹的孩子需要得到他的关注；我还会因为不安全感和他吵架；会很容易吃醋，尤其是他在学校上课的时候，那里有很多比我长得好看、比我优秀的女孩子，我总觉得，她们可以轻易得到很多人的喜欢。前些年他也会说，为什么要时时刻刻围着我转？我知道那不是一种健康的亲密关系，所以一直在努力克服，好在他有耐心，也比较包容。

他丝毫不吝啬对我的夸奖，还反复和他的老师、同学说起我多么聪明、多么有灵气，又多么坚强，他也因此得了个外号——"晒妻狂魔"。北京的冬天很冷，我们吃了晚饭后基本就不出门了。在我们小小的房间里，他会拉着我的手，来来回回地走一百步，消消食儿。我每天都素面朝天，我不太会化妆，瓶瓶罐罐的东西我也觉得很麻烦。他不在乎这些，不管我做什么他都觉得可爱，都喜欢。有一次我们和朋友一起吃饭，结束之后和朋友一起去地铁站，三个人边走边聊天。朋友当晚到家后给我发信息说，章鱼哥看我的眼神里都是爱。

我也逐渐在他看我的目光里感知到，不管我穿什么、做什么，是什么样的姿态，都不会是那个我自己眼中的奇怪的人。于是，我开始尝试在家里穿正常的拖鞋。他是个神经大条的人，可能都没意识到我的这种转变。渐渐地，我的拖鞋跟越来越低，我在家里的笑容也越来越真实、越来越自然。最终，在真正的家里，我感觉到了前所未有的安全，卸下了所有的心防。

这种安全感在一点一点地增强。我开始脱下高跟鞋，尝试跑步。起初我只敢在小区里跑，因为我担心跑到大街上，需要过马路，别人又会看我。光是想想，我内心就觉得煎熬，我无法忍受那种注视。于是我就在小区里一圈一圈地跑，逐渐习惯别人有意或无意的眼神,也开始敢于和别人对视。渐渐地,我意识到,其实没有人在看我,只是我一直不放过自己。

可能对我来说,自卑是一种阻力,也是一种推动力。当时我们在深圳的生活逐渐步入正轨,这种深埋内心的不稳定的东西开始慢慢地涌现出来,并变得清晰。我终于有时间回头去看,当年那个被生母抛弃、被继母虐待,又经历了父亲死亡的小女孩。并尝试彻底地接纳自己、爱自己。这一切,在我接受了真正的教育之后,都发生了。

转变

2018年,我去香港理工大学设计学院读硕士。开学之前我就去过学校几次,每次我都会幻想,在学校里、在教室里的我是什么样子的,但我想象不出来。人很难想象出自己从没见过的东西。

香港理工大学位于九龙半岛的红磡旧区,附近有著名的红磡体育馆,很多演艺明星会在那里举办演唱会,不过我一次也没有去过。我和三个女生在学校附近合租了一套两室一厅的房子,我和一个高个子女生住其中一间,我睡上铺,她睡下铺,毕竟我上来下去都方便一点。香港物价很高,一瓶矿泉水就要十块钱。我的床位一个月大概三千块,平时我主要就在食堂吃饭,节省着花,一天也要一百块钱。

正式开学了。我们学院所在的教学楼是一栋像白色帆船一样的建筑,由著名的国际建筑师扎哈·哈迪德设计,内部线条非常流畅圆润。每个专业都有专门的课室,每个同学都拥有自己的桌子。课室里有大大的落地窗,还有一些上课用的可移动的白板、可供休息的沙发,还有桌上足球方便大家放松休闲。天花板上挂着投影仪,一面墙上有两块非常大的幕布,每次上课前,按一下遥控,幕布就会被放下来。老师随机安排了座位,我正好被安排在第一排。我想,这样一来我肯定能听清楚老师说的话。我在敞亮的教室里,坐在可以自由旋转的椅子上,看着窗外的美景,听着来自全球各地的同学的聊天……所有的一切都让我迷醉。我几乎没有做过美梦,但这一刻我就像真正进入了一个美梦。

我们专业大约有二十名同学,除了来自中国的,还有来自德国、韩国、沙特阿拉伯和印度的同学。一开始我和每个人都不认识,大家的成长路径差异很大,我总是不太确定该如何表达自己、如何找到归属感。我在学习上没有遇到太大的困难,起初担心自己的英语不好,怕听不懂。但上第一节课我就发现,并没有觉得吃力,我的听力水平足够了,只是口语还欠缺。到了第三周,我基本已经适应了全英文的教学环境。我每天都最早去课室、最晚离开,和小组成员也合作得很好,所以毕业时我是那一届少数几个成绩最优异的毕业生之一。

更大的挑战和成长，其实体现在我内心的变化，这将是影响我整个人生的转折点。

刚入学时，几个同学邀请我一起逛街，她们要买洗发膏。我说好啊。我也想和大家搞好关系。香港是一个有很多台阶的城市，经常需要爬楼梯。走到商场时，我已经有点累了，因为我穿着高跟鞋。她们开始逛很贵的品牌店，讨论一些我没有听过的成分，比如鱼子酱精华。面对那样的店铺，我连进去瞅一眼的底气都没有。我第一次感觉到我们之间消费水平的差距。我的洗发膏都是在超市随便买的，衣服也都很便宜，大多只要一两百块钱。虽然不是买不起名牌，但那不是我的消费观，总觉得钱要花在刀刃上。后来，我感觉没什么意思，就和她们分开逛了，自己瞎溜达。之后再也没有和她们一起逛过街。

在南方，很多人平时就穿着大短裤和拖拉板，别人也看不出他有钱没钱。有一次，一个关系不错的同学对我说，她觉得有一款包包很适合我，还打开官网给我看。那个品牌名称是字母 C 开头的，具体叫什么我不记得了，反正就是一只很小的女士手拿包，大概七八千块。我只能说："嗯，真的很好看。"班里的很多同学来自中产家庭，甚至"上产"家庭，他们可以专门买机票去澳大利亚，只为了看一场两个小时的网球比赛。跟他们在一起聊天时，有的话题我真不知道该怎么融入，生怕暴露了自己的"无知"。我印象很深的一次是，下课后大家坐在一起聊过去的事，有的同学曾在国外留学或旅游，他们说特别喜欢纽约，因为纽约是一座非常有想象力的城市；也很喜欢澳大利亚，那里给人的感觉特别放松。我的过往和他们太不一样了，别说出国了，我在国内留下的足迹都非常有限，而过去在饭店、快递公司、网吧这些地方打工的经历，我总觉得难以启齿。

他们聊的那些好像众所周知的事情，对我来说则像天方夜谭。他们知道很多艺术家的名字；知道哪里有画展；知道老师们的研究方向；知道谁很受尊重、谁默默无闻；他们知道西班牙很适合冲浪、大堡礁很适合潜水；他们知道阿尔卑斯山的旅行体验很好。他们会拉小提琴，会弹钢琴，会吹萨克斯；他们会日语、韩语、俄语；他们能区别咖啡和拿铁，也知道什么是拿破仑蛋糕和提拉米苏。他们知道得越多，便越让我觉得自己缺失的东西更多，考过那么多科目有什么用呢？做了那么多工作又有什么用呢？在这里都派不上用场。

这种差异也会表现在对不熟悉的事物的理解和接受程度上。比如有一次，我和两个同学一起讨论宗教。我的成长环境中没有"宗教"这两个字，而潜意识里我也想通过打击别人信仰的东西来展示我的力量，从而证明我是一个有观点的人，于是我说宗教只是一种统治工具。一个外国同学无比惊异地对我说:"你怎么这么决断?你都不知道每种信仰的背后有多少历史文化……"接着还说了一长串英文,把我说蒙了,到后来我已经听不懂他在说什么了,也不知道该怎么反驳,于是丢下一句"agree to disagree"(求同存异),便离场了。

他们的父母,他们从小接受的教育,他们读过的书、去过的地方,都好像一层层盔甲,保护着他们,支撑着他们大胆地往前走。而我则像赤身裸体上战场,那些我想掩饰的也许早就暴露出来了——这种担心让我既惭愧又羞耻,几乎抬不起头来。他们能做自己擅长且喜欢的事情,而我只有一个原则:做那些我能做且能让我活下去的事情。这是我十三岁即被推进社会的后遗症。"做自己喜欢的事情"对我来说一直是种不切实际的妄想。

有次大家一起去一个同学家,她住在维多利亚港湾旁边的豪宅里,社区里有专门烧烤的地方。因为是晚上,周围环境我看得不是很清晰,只记得空气中弥漫着维港海风的味道,那是一种昂贵的味道。同时我也感觉到自己暴露在一个我不应该出现的地方。同学们都打扮靓丽,优雅放松地交谈,我只能左顾右盼,不知道该说些什么,屁股底下好像着了火,还得假装一切都好。

大家买了很多烧烤用的调料、刀叉,还买了用来煮火锅的锅,全是新的。我觉得很奢侈。我想的是,每个人家里多少都会有这些餐具,为什么不带来用呢?那样可以节省一笔钱,也不会造成浪费。

我们一起清洗食物和工具,我总是最勤快的那个,既然不知道说什么,那我就多干活,这和我小时候的境遇很类似。洗菜的时候,我就已经挑选好哪些是我最喜欢吃的;摆放餐具的时候,也已经想好我要坐在哪里才能吃得更方便、夹到喜欢的食物,大家在聊什么我也顾不上了。这是一种很小家子气的行为,可是我克服不了,吃到嘴里的至少是真的,对吗?同学们都吃得很慢,谈吐优雅,我却吃得又快又多。有时我会想,如果生活在旧社会,我的生存能力一定很强。他们听到某件有趣的事情会两眼放光、哈哈大笑,而我,在看到新拆封的一袋肉时,会本能地欢欣雀跃。我很喜欢吃肉,因为在我的认知里,肉比菜贵,所以更有价值,不然父亲为什么会带着我赶马车走那么远的路到批发市场买肉呢。我也总是吃得很认真。我对食物有很大的尊重和渴求。

我有时很羡慕别人的怡然自得。他们可以不在乎今天吃什么、有没有肉这些小事儿,而是把注意力放在与人的对话和联结上,或者真正地享受由对话而产生的每一次灵魂激荡。我羡慕他们的沉浸和投入,却也害怕他们的从容自在。他们好像天生就是这样的。而我在意的都是眼下那些实实在在的事情:盘子脏了需要洗、垃圾掉地上了需要捡起来、饮料喝完了要再拆一箱……我一直疲于生活，已经忘记该如何生活。我甘心作为灰暗的底色，来衬托别人光鲜亮丽的人生。我也只能这样。

我的同学中有很多漂亮阳光的女孩。我甚至不敢看她们，哪怕就看一眼，那种强烈的对比也会灼伤我的自尊，越发衬托出我的自卑。所以我从来不买很贵的东西装饰自己，因为不管怎么掩饰，我都无法欺骗自己，就好像穿高跟鞋一样，并不能阻止别人觉得我是个很奇怪的人。我经常需要切换自己的状态：面对同学时，我是一个非常自信、阳光开朗、乐于助人的姑娘，有足够的能量去感染别人，也很快交到了好朋友，她们信任我，有事情都愿意找我；但当我独处的时候，我的脸会沉下来，小心翼翼地面对自己。这样的我就像一个演员，面对别人的时候，我就登上了"戏台"。

第一学期，每周要写周记，我会把自己的感受真实地写下来：刚到香港生活时的无所适从，不确定怎么和同学交往，吃饭也得算计着钱，小组成员谁和谁意见不同吵架了让我夹在中间很为难，等等。我本以为全班那么多学生，老师不会仔细看我的，但他们真的看了，并且还一一回复我。尤其是上完课后我对作业有疑问的时候，老师过来跟我说话，看到我在凳子上坐着，他也不会居高临下地站着，而是蹲下来，很诚恳、很认真地看着我。那是一种很细微的体会,让我觉得自己非常受尊重。

到第二个学期,我的英语已经越来越流利,和同学之间也更加了解了,学校的环境让我越来越觉得安全,也越来越自在。我开始逐渐地敞开自己,勇于表达和展示自己,同时偷偷观察他们眼中看到的我、他们所信任的我——那好像不是一个奇怪的人啊。

有一次,我演讲结束之后,一个闪闪发光的漂亮女生给我发信息:

"小小,你的英语进步好大,很棒!"

我们并不是很熟,也没说过几句话。但我从她的眼中看见了,从那么美好的人的眼中看见了,我不是一个奇怪的人,我是一个值得被鼓励的人。

同学们也开始放心地开我的玩笑。我是一个时间管理意识很强的人,在过去所有的工作中,我很少迟到,所以我也很难接受组员迟到,总是反反复复和她们强调要准时来开会。其中一个同学就会和我说:

"别那么严肃,放松点儿。"

有一次去同学家吃火锅,我自带了鞋套,同学问我怎么不直接脱掉鞋子,我说我不想。另一个同学直接说"她就是想穿着高跟鞋"。这句话在当时听着有点刺耳,但我立即意识到,原来我所有的刻意伪装,别人都能看见啊。

后来有同学关心我,问我天天穿着高跟鞋累不累,香港有这么多坡和楼梯。我说不累。其实那一刻我觉得,原来他们并没有觉得我必须穿高跟鞋。朋友邀请我去游艇上参加生日 Party(派对),我心里很高兴,觉得他们真的没有把我当成奇怪的人,是可以一起玩儿的,但在那种 Party 上是要脱鞋的,我心理屏障太强,只能说自己有事去不了。

我很想走出来,很想肆意地、放心地做自己,我不想总是盯着自己的短处。于是我去找学校的心理咨询师聊天,说自己太自卑了,总是害怕一旦脱下高跟鞋,就变得一无是处。她对我说:

"不要把高跟鞋当作你的伪装,就把它当作一种搭配,什么样的衣服搭配什么样的鞋。"

"你会因为别人胖就不喜欢他们吗?或是因为别人矮就不喜欢他们吗?"

"我不会。"

"别人是和你一样的。"咨询师说。

我还认识了一个俄罗斯女孩。在我们的传统审美中,她肯定算是胖的,但她就爱穿一条短裙,搭配一件短上衣,特别自由。有一次,我俩在公园的草坪上坐着,她突然对我说:"我们来做瑜伽吧。"丝毫不顾忌旁人的眼神。于是我跟着她一起做了瑜伽。然后我们溜达到河边,那里有人在弹吉他，她拿过麦克风，和着吉他的旋律唱了一首《娜塔莎》，身边的人都为她鼓掌。在学校的广场，我还看到一个舞蹈团队中，有个和我差不多高的女孩，站在一群身材修长的女孩中间。她跳得不算好，但是很有力量，非常自然。看到这些我才知道，原来不管高矮胖瘦，都可以很舒适、很自信地展示自己。

如果用放大镜看我的同学，可以发现每个人都不完美，但区别在于，他们有自信去展示自己的不完美。有个同学英语讲得比我还烂，说话连不成句，只有单词往外蹦，但不妨碍他在课堂上与老师争论，坚持表达自己的观点。有一次，我即将开始一场演讲，但一想到很多人会盯着我看，就特别紧张，这种场合简直是我的噩梦。这时我的一位同学安慰我："我每次演讲也会紧张，我就会假装自己是别人。"从那以后我好像就不紧张了，因为我会把自己想象成对世界做出巨大贡献的居里夫人，或是带兵打仗的大将军。像演戏一样，让那个窘迫的自己暂时抽离一下。

还有一个同学更令我诧异。上计算机课时，老师讲得有点无聊，她突然打断老师的讲话，直接说："我很想听懂，可我真的听不懂！"

所有的不完美，并不能阻止他们活得更阳光、更有勇气，也丝毫不妨碍身边的人喜欢他们。这带给我一种很强的感染力和冲击力。看着身边的同学们，我开始慢慢地把自己打开，根本不需要指引和开导。

再加上，学校是一个比较安全的环境，与我之前所在的公司完全不一样。在过往的工作中，我常常被当作螺丝钉或工具人，只是为了完成绩效考核。但学校是一个剥离了利害关系的场所，我与同学、老师能够平等地相处。在这个过程中，我可以真正地表达和探索，更接近我想成为的那个人。我不需要去扮演谁，只需要展示我自己，就能获得他人的认可和尊重。于是我的生命本色渐渐显露了出来，之前那些由于过早进入社会而吸收的形形色色的灵魂开始悄悄离开。

我曾经常常幻想，如果自己是正常家庭的孩子——富裕家庭就更好了——那我眼中的世界一定很美好。所以我对这种家庭出来的孩子有很多期待和向往，可近距离接触之后我发现，他们比我多拥有的那些东西，对我来说，其实已经失去了意义。我永远不可能拥有和他们一样的人生。有些东西是无法改变的。我更加需要用一种强者的心态生存，而不是像弱者那样躲在角落里。

虽然硕士阶段的学习只有一年，可我对自我的感知真的变了。我不再支支吾吾地隐藏或伪装自己，不再把自己的情感包裹得很严实，我开始坦诚地讲述自己的过去：我的童年、我的家庭、我的打工经历。我丝毫不觉得羞耻，反而认为这些经历让我变得很特别，变得坚不可摧。我没有经历过别人的人生，但他们也没有经历过我的人生。因为不同，我才是我。

我会和同学讲我被骗去做传销的奇幻经历、做服务员时遭遇的饥饿时刻、身上没有一分钱只能求助警察给我五块钱坐地铁的窘迫、因为无知被警察带到派出所问话……好多好多的故事。我也会讲那些帮助过我的人：出租车司机李靖、让我发生职业跃升的郑一，还有那个自考生群。我丝毫不回避过去，还讲得有声有色。同学们也都觉得好有意思，我的经历太不可思议了，我的讲述仿佛把他们带入了另一个世界。

这些坦诚的讲述让我重拾并真正了解了自己的过去，那些经历变成了充盈的能量，让我的未来变得更有活力、更精彩，而不再是一种负担。同学们看我时也超越了外表，真正看到了"我是谁"。他们看到的我、我所认同的他们，相互映照，显现出那个清晰的"我"，正如美国著名精神医学家哈里·斯塔克·沙利文所说，"人格是人际关系相互作用的产物"。

就是在这样与同学们的点滴相处中，在我的努力下，在我的刻意练习中，我学会了和自卑相处、和解，也活得越来越轻盈。最明显的表现是在我的鞋跟上，它们逐渐从十厘米变成六厘米、两厘米，直到变成平底的运动鞋。在同学、朋友们对此毫无波动的眼神中，我那道像钢筋水泥一样结实的心墙慢慢地瓦解了。我开始和他们一起在课室用投影仪看电影、一起唱KTV、一起聊着天走过沙滩、一起在山上呼喊、一起在大街上肆无忌惮地笑。和同龄人在一起，我终于把当初断崖式生长所造成的缺口填平了，虽然它晚了十几年。我很难说清楚这种转变是在哪个时刻发生的，就好像很难确认小溪里的水是在哪一刻开始加速流动的；也很难说清楚我为什么开始真正地接受自己，为什么可以站在阳光下，开始向外扩张，而不是向内收紧。

同时，我也开始真正地关注别人说的话和他们的想法，他们的过去、现在和未来都在我眼中熠熠生辉。我开始欣赏他人，而不是一直将目光放在自己身上。我不再对自己指指点点、大喊大叫，而是真正地接受和认可自己，并尝试关心自己、爱自己。

来自老师和同学的尊重、平等的沟通、真诚的交流、情感的流动、安全的环境，还有章鱼哥的爱，把我所缺的东西都补了回来，从点点滴滴开始，逐渐发生了从量到质的变化。这不是某一个人或某一件事可以改变的，而是无数的积极能量汇聚到我身上，无时无刻不在产生作用，让我的转变在不知不觉中发生。

我的记忆也开始发生变化。以前那个走在马路上的我，不再是奇怪的形状，车里的人、人行道上的人，看我的目光都是正常又自然的。回看过去的自己,她的模样非常清晰,不再陌生。我能清楚地看到她是如何挣扎着从自卑中走出来,如何卸下那么多个"我"——一个个奇怪的自己,我解开绳子让她们都慢慢离开了。那些不被看到的、没有价值的自我,好像动物蜕皮一样,一层层蜕掉了。

金 钱

钱是一个很现实的问题。我只拥有自己,没有后盾。为了生存,我必须抓住一切机会往前爬,全力地放大我的每个优点,利用可以利用的一切,让自己摆脱生存危机。你可以说这样费尽心机的我很讨厌,但这就是我的生存法则。

继母没来之前,我和父亲一起生活。我年纪小,对金钱没有任何概念,父亲给多少钱我就全花光,甚至还偷偷摸摸把父亲藏在箱子底下的硬币也花光了。那会儿,钱的意义对我来说很单纯:它可以给我换来零食、铅笔、本本和玩具。后来继母来了,我开始意识到,钱并不是一个单纯的东西,它是掌控权力的象征,它可以是压迫,还可以是一种情感资源。

二姐姐的零花钱比我多，继母时不时就会多给她一些钱。我每天早上天不亮就去学校，需要自己在外面解决早餐和午餐，每天却只有两块五毛钱，有时是两块。所以我早上都不吃饭，或者买一包五毛钱的辣条垫垫肚子，中午放学后再去吃一碗不加肉的面条，两块钱可以吃一大碗。钱不够的时候，我就去烧饼摊买两个麻酱烧饼，边吃边走回学校。天气炙热，空气干燥，我感觉嗓子眼儿都要被糊住了。有一次我从烧饼里吃出一个一厘米长的指甲盖儿，也舍不得扔掉那个烧饼。我把脏东西拿出来，强压住心头的不适，把烧饼吃得干干净净。我到现在也忘不了那个画面。也许正因为我从小就缺乏有营养的食物，再加上干了太多活，所以一直没有长高。

上学期间，学校也会组织春游。有一次我们坐着学校的大巴车，去北京植物园玩。大家都很兴奋，一路上叽叽喳喳的，我却有一点隐隐的担忧，因为我过膝的半身裙里面，没有内裤可穿。到了植物园后，看到地上那些小植物，我不敢蹲下，也不敢弯腰，生怕我的屁股露出来。同学们都在为了那些奇异的植物而尖叫，我却在悄悄地审视自己，脑海中有一些我无法理解的低语。中午大家纷纷拿出自己的零食，我只有两片面包，装在皱巴巴的、缩成一坨的袋子里。

继母是个非常节俭的人，对我尤为吝啬。有她在的每一分、每一秒,我都没有过那种富足的感觉,不只是在金钱上,更多是在精神上,总是皱巴巴、紧巴巴的,让我觉得做什么事都没有底气,都缺点东西。但她也带给我一些积极的影响,比如用完电器要拔掉插销、水龙头要及时关掉、饭要吃得干干净净、衣服破了可以缝一缝继续穿……这些习惯我一直保持到现在,虽然经济状况好了,但我总觉得浪费是一种罪过。

出来打工之后,我在财务上独立了,钱对我来说又变得很单纯,它可以给我换来吃的、穿的和用的,能为我解决问题。我给自己买新款手机,一点儿都不心疼。刚工作时很多单位都管吃管住,所以我没有为明天考虑的意识,可能"昨天"对我来说没什么好回忆的,"明天"也不值得期待,只有"今天"才是真实的。我经常一拿到工资就把钱花光,还因此没钱回家流落街头,也曾经饿得肚子咕咕叫。我的穿衣打扮也很奇怪,在网吧当收银员的时候好像是夏天,我却戴一顶冬天的帽子耍酷。父亲出车祸后我去医院,堂姐说我:

"你那妆化的,笑死个人。"

我不懂审美,看别人穿什么好看、时髦,我就买一样的;看别人怎么化妆,我就怎么化;看见什么好看,我就买,因为我就想成为别人呀。那时的我不知道该怎么成为自己,也从未想过那些东西是不是适合自己。虽然小时候一直生活在贫穷中，但工作以后，和朋友吃饭时我都会大方地买单，我总觉得买单这种行为很酷，像个大人。潜意识里，我也想用这种包装出来的富足去补偿和代替童年时紧巴巴的感觉，可也总是不自觉地，在点菜时就会暗暗计算那些菜加起来多少钱。

我真正开始对金钱有概念，应该是摊煎饼的时候。毕竟是自己做的小本买卖，不再是给老板打工了，每天赚多少钱、花多少钱都是实实在在的，需要自己盘算和规划。十八岁左右，我加入了自考群，看到了更多样的职业，也看到了由金钱带来的更多的可能性，这让我意识到，金钱似乎是有魔法的。认识章鱼哥之后，我们开始有计划地储蓄，哪怕每个月只存一百块、两百块、三百块，但是看到存折上的数字越来越多，我们也会越来越开心，未来也变得更具体、更可及。如果说当时的我们是生活的魔术师，那金钱就是最关键的道具，负责给我们制造惊喜。

我开始有意识地思考，如何通过自己的能力和资源赚更多的钱，那是对自我价值和能力边界的探索。自考接近尾声时，我曾和认识的同专业考生打招呼，如果有人想找一对一的辅导和重点讲解，可以找我，因为我每门都是高分通过的，我收费也很实惠。那是一种尝试，尝试把自己的成功经验分享出去，并由此变现。做猎头期间，我手上积累了一些客户资源，我辞职后，他们也很信任我，让我帮他们找合适的企业，那两三个月我没有上班，但每个月也能赚两三千块。这些经历让我逐渐意识到，不是我想做什么就能做什么，而是我拥有的资源决定了我可以做什么，我又开始探索如何能把"我"价值最大化。

2012年，章鱼哥脱产一年，没日没夜地学习，终于考上了学术性研究生。他备考时曾报名上了一家考研机构，但上课效果并不理想，最多也就有种"花钱了我得更努力"的心理暗示。他考上之后，我灵机一动对他说："你现在可以给学生讲课呀。"于是我开始在各个考研群里给他物色学生，好多次被踢出群，不过最终我们成立了自己的小社群，虽然只有几个人。有那么一瞬间，我好像变成了他的经纪人，帮他接洽业务。我们收了三四个学生，他一对一给他们辅导专业课，学生们的反馈都很好。

2016年，他毕业了，我们从北京去了深圳。当时深圳有人才政策，硕士毕业生可以直接落户，还给一些额外的金钱奖励。当时章鱼哥的工作比我忙，还多次往返北京忙于毕业典礼和毕业手续，所以他落户的事情是我一手操办的。后来就有朋友向我咨询经验，因为其他代办落户的公司收费很高，我就想，也许我可以帮助他们，比那些代办公司的价格便宜了将近一半，后来真有朋友找我帮他们办理。这样一来，他们不需要从零开始准备，省心又高效；而我则可以复制自己的经验，在赚一点钱的同时帮他们解决问题。

2018年，我靠自己成功申请到香港理工大学设计学院的硕士学位，之后我又想，既然我做成了，那为什么不用这些经验去帮助别人呢？于是，我又做关于设计专业的项目辅导，不仅赚了一些钱用作生活费和学费，更重要的是，在这个时期，我认识了很多新朋友，他们也都成了我可以相伴一生的人。如今我愿意讲述自己的故事，有一部分原因，就是来自他们的支持和鼓励。

硕士在读期间，因为我表现突出、成绩优异，导师还请我当他的研究助理。硕士毕业后，班主任老师也邀请我当校外辅导员，还鼓励我和另外几个优秀的同学一起成立校友会，让大家毕业后也能保持合作。遗憾的是，我们都很忙，这些事情也都没有进行下去。

我觉得，任何一件事，只要你做成功了，你就有资格成为别人的老师，不管你的背景如何、过程如何，你都能获得最真切的经验。我始终坚持最大程度地利用自己的时间和精力，要发现自己的优势，同时让别人为自己的优势付费。这是一种很有意义的探索。

我们对金钱的观念还体现在卖掉深圳的房子这件事情上。2020年，深圳的房价到达了新的高点，那时我和章鱼哥被一种很强烈的直觉催促着，决定立即卖掉住了将近五年的房子，置换成金钱，让我们过上更体面的生活。对我们来说，钱就是用来改善生活的，来应对更多的可能性，去体验不同广度和深度的人生——这些都是对自己的投资。如果做不到这一点，钱再多也只是枷锁。当然，章鱼哥总和我念叨，要做少数人做的事，在所有人都买入的时刻，我们要坚定地卖出。他说这是股票交易的本质，买卖房子也一样，但他在股市可没赚到钱。

小时候我很羡慕别人拥有的各种好玩意儿：五颜六色的铅笔和圆珠笔、带密码锁的日记本、好看的头绳儿和卡子、像量身定做一样干净合身的衣服……那些能看见的、令我羡慕的东西，曾是我赚钱的目标。而现在，我总觉得拥有的东西越多，人反而越沉重，好像背负着太多的东西，动弹不得。所以，我更注重精神上的体验，把所有好的感受都放进回忆里；我也愿意为那些好的体验或理念付费，用金钱创造更多积极的能量，并且让这种能量流动起来。当然，赚钱不再是我的核心目的，我已经过了用金钱衡量价值的阶段了，随着时间流逝，我更加看重事件本身对自己的意义和价值，以及对别人的意义。

我们第一次出国，是一起去泰国。体验泰式按摩时，阿姨热切地说："现在中国人不来，我们饭都要吃不上了。中国人最喜欢做'马杀鸡'（massage，即推拿按摩），外国人不做，我们赚不到钱。"那会儿旅游业不景气，阿姨只好把主业变成在市场卖菜，有按摩的客人来了就打电话叫她过来。她有两个孩子，要缴学费，再加上房租，每个月都开销很大。我听完她的故事，很乐意让她赚我的钱。金钱的流动就是爱的流动，是快乐的流动。

创业

2019年11月,我硕士毕业了,那是我从真正的校园中获得的第二张毕业证书,第一张还是小学毕业的时候。

那也是我第一次知道毕业典礼长什么样子。我们是在一栋地上与地下相结合的建筑中举办的毕业典礼,向下延伸的白色旋转楼梯直通大礼堂。我租了一套硕士服和硕士帽,套在我身上松松垮垮的,不过我里面还穿了一件贴身的旗袍,配一双黑色高跟鞋。章鱼哥也从深圳过来了,我们在香港订了一家小酒店住了一晚,就为了见证这一重大时刻。

仪式开始前,我们早早就到了现场。我和同学们在一起吵吵闹闹,章鱼哥则帮我们拍了很多照片。同学们都穿着硕士服,戴着硕士帽,他们的家人也都来了,有的捧着花束，有的拿着小熊玩偶，有的还带了摄影师，大家都想尽可能多地留下这一天中的美好记忆，因为我们都将迈入全新的人生阶段，似乎理想中的未来已近在眼前、触手可及。

仪式快开始时，章鱼哥去家属区落座，我和同学们叽叽喳喳地坐到我们专业所属的区域。一切都是红色的：红色的靠椅、红色的舞台、红色的地毯，我们每个人都是这场华丽演出的主角。中间区域的老师们已经落座，我看到了我们的班主任，他们也都穿着专属于教授或博士的服装，有的戴着南瓜帽，有的戴着教授帽。校长则站在台上，手里拿着一个"小锤子"。然后主持人开始按照班级顺序点名请毕业生登台。我看到每个人走上台后都会领一张属于自己的卡片，然后走到校长旁边，被校长用小锤子敲一下头，再鞠一个躬，便可以回到座位了。

很快就轮到我们班了。我们提前在台下排好队，听着名字挨个上去。我有点慌张，很害怕走到台上的时候会犯错，那么多双眼睛都看着呢。忽然就听到班主任叫到我的名字。与其他人不同的是，我的名字后面跟着一个"Distinction"（优等），这意味着我是以优异成绩毕业的。我尽量抬头挺胸，因为我知道章鱼哥肯定会帮我拍照的。我走上台，先拿到属于我的小卡片，然后优雅从容地走到校长面前，低下头，被他敲了一下小脑瓜。到现在我也不明白这一锤的意思,但是那种感觉我一直都记得,好像被敲一下后我变得更聪明了。

毕业后,我的头等大事就变成了找工作。很多同学在此之前已经通过校招的途径找到了工作,一份体面的工作可能比上学本身更重要。但我太投入了,全身心地浸泡在校园生活中,根本没有考虑过找工作这么现实和无聊的问题。我觉得,读硕之前我都能找到工作,那现在工作岂不是任我挑选?

我变得更加自信,对事情也更有把握了,再加上学历和经验的加成,我相信自己肯定能进入更大的公司,得到更好的职位,获得更高的收入。然后,我就被现实狠狠地打了一个耳光。那段时间,正值新冠疫情即将暴发,一切看上去都还很正常。我也拿到了几个符合预期的面试邀请,大部分企业都是金融行业的,比如银行、保险公司、征信公司等。可面试的结果却是,我接二连三地被拒绝。大部分企业给我的回复是:

"实在对不起,你完全符合我们用人部门的要求,可人力资源部门强调,你的第一学历必须是全日制的。"

"你跳槽太频繁了,简历简直一团糟。"

"人力资源部门不了解自考学历,没办法给你发offer,我们尽全力争取了,可拧不过他们。"

我所有的成长和突破,在求职这件事面前,变得很无力。

无法改变的过去使我始终无法迈向理想的未来。章鱼哥也遇到同样的难题，他的下属毕业于全日制本科学校，所以顺利进入一家大型国企，但即便他的最高学历是全日制研究生，也因为本科是自考而被同一家公司拒绝。这对自考生来说太正常了。我们也只能去接受这种游戏规则。适者生存。

我几乎把自己的简历向金融行业所有的大企业都投了一遍，在不断地被拒绝后，一家规模不大但在业界还算知名的金融公司接受了我，我又开始做起了产品经理。很快，我发现这家公司的工作流程非常严谨甚至死板，想推动一件事情，要和十几个领导打报告。我每天都在加班，却找不到任何工作的意义，相比我投入的时间，回报的幸福感是很少的。上学的时候，我以为未来有很多种可能性，可当我坐在一个环境闭塞连窗户都没有的房间里时，我觉得自己的未来都被堵死了。在机械性重复劳动和麻木感中度过的每一天，都让我觉得自己的时间被偷走了。除了按天计算、按月发放的工资外，我一直在原地转圈儿。

领导还经常对我说，作为公司新人，领导不下班，谁都不能下班。甚至还嘱咐我：

"下次给领导发邮件的时候，不要用红色标记重点，那是一种不尊重的表现。"

这阵势我还真没有见过。纵使领导说的都是真的，想在这家公司得到晋升，就必须熟悉这里的游戏规则，但我认为这些都是狗屁。虽然领导夸奖我做事细心，我做的产品分析远远超越了她的期望值，可我还是不想干了。还没找到下家时，我们就心照不宣地不欢而散了。

我和章鱼哥还有房贷要还，我得挣钱。于是我又开始盘算，怎么才能不被人家卡学历，也不用在发邮件的时候考虑字体颜色，还能把钱挣了呢？我开始琢磨自己过往的经历，之前的工作也需要适应规则，比如怎么让同事满意、怎么让老板开心。只是那时疲于奔命，没有意识到这些，也没得选。我曾经自己推着小推车卖煎饼，只需要让收入大于成本，让顾客觉得干净好吃，我就能挣点钱，唯一要克服的困难是每次踩小推车的时候得费劲去够脚蹬。那段时间虽然短暂，可我很自由，没有人和我讲那些字体颜色之类的屁话。

读硕士期间能力变现的经历还历历在目：帮企业做设计咨询或用户研究、帮班主任做研究助理、帮认识的同学完善他们的设计作品集，还有更早的时候，我作为章鱼哥的经纪人帮他推广他的考研经验、作为猎头帮客户牵线搭桥，等等。也许，我有能力为自己赚钱，不一定要给别人打工，就不用被庞大的体系所绑架。我可以把之前的经验规模化、精细化，然后不断复制，那么我就能成为自己的老板，只要对客户负责，其他的，我想怎么做就怎么做。

当我感觉到那份工作不能一直干下去的时候，就开始"不务正业"地花费大量时间和精力琢磨"自己当老板"这件事了，计算投入产出比，预设可能遇到的风险，等等。确定要做什么、怎么做之后，我决定自己干。那时章鱼哥正好幸运地进入了一家央企，工作还算稳定，这给了我们整个家庭足够的安全感，也给了我冒险的底气。

很快，我就和以前的同学一拍即合，做与设计相关的教育和咨询服务。以前打工时，我只需要完成分内的事，财务工作由财会人员做，税务工作由负责税务的同事做，售后服务和推广宣传也由相关同事负责，我不用操心太多，顾好自己的一亩三分地，做一个尽职的螺丝钉就可以，这样能节省精力，提高效率，也更容易专注。

而创业就不一样了，所有的事情都要亲力亲为，至少初期是这样的，那种只聚焦于某个环节的做法已不再适用。我要自己提供产品和服务，自己想推广方案，自己拉客户，自己解答客户的问题，甚至还要亲自学习财务知识和税务知识，当然，这一切的前提是，我们得成立一家自己的公司。这要求我从一个心神专注的专家，变成一个"日理万机"的多面手。作为一个创业者，我同时还是销售、财务、客服、商务、运营等，我身上贴着很多标签，仿佛同时在打多份工。我变得非常忙碌，每天东奔西走，有时一天要参加好几个饭局，去见客户和潜在的合作者。

那是一段浸满汗水也充满希望的经历。我还记得，为了争取到公司成立后的第一个客户，我从深圳坐高铁去广州，几乎滴水未进就和客户聊了一整天，让客户从最初的犹疑、不信任转为充分信任，最终成功合作。后来，客户对我的服务非常满意，并成了我的知心朋友，甚至连她的父母都变成了我遥远的守护者。我也记得，有一次我为了及时谈妥一单生意，原本正和朋友吃饭，还想拿出电脑回复邮件，被朋友制止了，我才作罢。我不管做什么都会拼尽全力，不达到自己的极限不肯罢休。

渐渐地，我们有了客户，有了口碑，公司逐渐稳定，能赚到一点钱了。章鱼哥也辞掉了央企的工作，和我一起张罗。用他的话说，如果自己干和上班拿到的钱一样，那谁还上班。不过在公司的经营上，我和章鱼哥有了分歧。他觉得，既然自己干能赚到钱，还有自由支配的时间，那就不要把这些时间再投入创业中，而要享受生活，见好就收。我却不这么认为，我觉得不管什么事，要么做好，要么做不好，做得不好不坏算怎么回事儿？我们的做事风格非常不同：我在这一周就会提前规划好下周的每一天要做什么，并且很享受逐个完成任务的过程；而他则有一种今朝有酒今朝醉的肆意洒脱，每天早上起来才临时决定当天要做什么。也许这是因为他的成长环境给了他足够的安全感，而我则要尽可能地让生活更有节奏，从而构建安全感。

不管怎样，创业让我再次脱离了每天两点一线挤地铁、挤公交、排队挤电梯的生活，我可以相对自由地支配自己的时间和精力，不再被谁束缚。更重要的是，我可以选择自己想要认识和结交的人——这太重要了。我们无法选择父母，但至少可以选择朋友，选择和谁打交道。同样，我无法选择自己的出身，但创业给了我重新构建生活态度和生活方式的自由。

攀 登

我一直在向上爬,不断地挑战,想成为更好的自己,想看得更高、更远。我能接受过程中的艰辛,能咬牙忍耐,像一头骆驼;我也能在凌晨最寒冷、最疲倦的时候冲向顶峰,像一头狮子。

第一次涌现出登山的念头,是在北京,那是一个突然冒出来的想法。我之前去过八大处公园爬山,但那里很休闲,像在逛公园,我穿着高跟鞋都能爬上去。这次不一样,我买了帐篷、防潮垫,想在山上露营,想让自己的肉体得到磨炼,并挑战自己的身体极限。也许是因为那个时期的生活比较安逸,潜意识里我想让自己经历一些不舒服,从而爆发出原始的生命力。我们选择了北京的云蒙山,那里海拔一千四百米左右,有奇形怪状的山峰、神秘的山洞和轰鸣的瀑布。

出发那天正好是五一劳动节，我们身着短裤和短袖，章鱼哥穿着普通的球鞋，我依然穿一双十厘米高的坡跟运动鞋。我们每人背一个书包，里面装了秋衣秋裤，还有一个毛毯。还在楼下的小卖部买了手电筒和一堆零食，包括一只烧鸡和两瓶二锅头。我心想，在帐篷里，看着漫天的星星，来一次真正的野炊，多浪漫啊，好像电视剧里的男女主角。

出发前我看了看天气预报，显示小雨转晴，我压根儿没当回事，总觉得天气预报不可信，凡事喜欢跟着自己的直觉走。章鱼哥更是看都没看天气预报。我们俩都是登山的新手，对大自然没有敬畏，也不懂山地的天气是非常复杂多变的，想当然地以为登山、野炊和露营都是很简单的事情。

当天出发时，天气有点儿阴沉，但完全看不到下雨的迹象。我还窃喜，自己的直觉又对了。我们在小区门口坐上了从通州到怀柔的公交车。可能因为是假期，马路上的两车道生生被挤成了三车道。公交车在雁栖湖堵了一个小时都没怎么动，车外开始淅淅沥沥下起了小雨。当时已经是下午，我们想着，如果山上下大雨，就先找个农家院住下。我俩连身份证都没带，但应该不碍事。

下午四点半左右，终于到了山脚下。路旁有老太太在卖雨披，我们买了两个套在身上就开始登山。山上的雾气很大，途中遇到很多下山的人，他们看我们的神色很奇怪，我们却不以为然。在半山腰，我们看到了云海，像仙境一样。章鱼哥想停下来拍几张照片，我劝他登顶之后再拍，那里的风景一定更好。

走着走着，山路变得越来越陡峭，但我们还是有说有笑，仿佛走在平道上。中途雨停了，下山的人却越来越少。我们问路过的人，距离最高点还有多远，他们说早着呢，还说我们今天肯定爬不上去了。我不信邪，也不想半途而废，于是和章鱼哥一起加快了速度噌噌地往上爬。

七点多，天就已经黑透了，接着开始下大雨。我们已经走到了用镂空木板做成的栈道上，推测距离山顶应该不远。可我们又走了很远很远，马不停蹄爬了三个多小时，腿脚已经完全使不上劲了，还是没看到山顶。当时月黑风高，我俩手脚冰凉，便决定在平坦的栈道上扎营。当时太累了，根本没有下山的念头。

我们打开手电筒，麻利地搭好了帐篷，迫不及待地钻进里面开始吃东西。我们都太饿了，早上和中午几乎什么都没吃。我俩盘起腿，一人啃一个鸡腿，喝着白酒，还用平板电脑播放着电影。那里的海拔应该在一千米左右，气温很低，说话的时候都有哈气。我们把所有的衣物和毯子都裹在身上，以应对降雨带来的温度骤降，可寒冷还是轻易地穿透了身体，我冷得直哆嗦。

章鱼哥看我的样子有点担心，不知道什么时候雨才会停，而且后半夜会更冷，于是他动了下山的念头，但我还想再坚持坚持。我主张先去帐篷外面看看，再决定是否下山。我们钻出帐篷，手电筒的光很弱，外面阴森森的，什么也看不清，只能看到一片片奇形怪状的树影，好像随时会扑过来，风呼呼吹过的声音好像它们的低声怒吼，这让我越想越害怕。我说，咱们下山吧。

帐篷被完全淋湿了，防潮垫也湿漉漉的，收拾起来很费劲。章鱼哥建议不要帐篷了，我舍不得，花了一百多块钱呢。我们最终舍弃了两个防潮垫和一些吃的，裹着毛毯下山了。

雾很大，能见度只有四五米。我们用手机上的手电照明，走得很慢，中间还迷了路，还好很快找到了正确的路线。我只敢看前方，总觉得身边的树影里随时都会冲出来些什么。我既害怕又内疚，怪自己不相信天气预报。章鱼哥一直安慰我，如果天气好的话，这里的景色一定很美。

走了大约四十分钟后，我们看见了第一个报警点，上边有位置的编号，章鱼哥说报警吧。没想到手机没有信号，十分钟过去了还是打不出电话。他说别浪费时间了，赶紧走吧。下坡的路相对比较容易走，很快我们就过了栈道，走上由大石头堆成的山路，石头被雨水冲刷得很光滑，我们好几次差点摔倒。我紧紧拉着他的手,或者让他走在我后面。他一直安慰我:"不要害怕,我们肯定能下去的,最坏的结果就是我们在山上绕一夜。"

走到一段非常陡峭的山坡上时,前面出现了若有若无的灯光,我以为是巡山的人,觉得看见希望了,可以求助了。灯光越来越近,我们才发现那是一男一女两个旅友,他们每人背着一个能把我装进去的大包,拄着登山仗,戴着头灯。他们带着很多专业的装备,要上山露营。

十一点多了,我们说刚从离主峰顶不远的地方下来,因为太冷,还叮嘱他们千万要小心,有的地方很陡,还有岔路口。

分开之后,我们继续下山,但这次偶遇让我俩的心情都有所好转。他们给了我们勇气,让我们知道这荒山野岭不只有我们两个人。我们开始聊天、唱歌、互相打气,也就没那么害怕了。

途中我们路过一户人家,院子很大还亮着灯,章鱼哥说他先去打听打听。以往的生活经验告诉我,那个院子里肯定有狗,我嘱咐他千万小心,我在原地等他,不久,我果真听见了狗叫,而且还是一大群狗,紧接着章鱼哥就慌慌张张地向我跑过来。

离我不远处正好有辆废弃的大三轮车,我俩赶紧躲到车后。如果狗追过来,我们就可以跳上车。

没找到人,还被那么多狗追,我俩看着对方,差点笑出声儿来。

紧张过后,我们查看四周,发现了下山的指示牌,正是我们来的方向。那条路太诡异了,很长一段路一直在向上走,长得好像没有尽头,我们以为下山的路就应该向下走,事实是,上山和下山都可能要经历上下起伏的过程。

我们继续沿着那条路走,一会儿向上,一会儿向下,一会儿左拐,一会儿右拐,走到腿都失去知觉了。算起来我们已经走了六七个小时的山路,而且中间没怎么休息。章鱼哥的腿也有点抽筋,可他还说实在不行就背我,所有东西都是他拿着。他还一直安慰我别害怕,说他很喜欢我坚强的劲儿。之前我一直认为他是个简单粗犷的人,但这次经历让我发现,他真的很体贴、很细心。我们走了好久好久,走到雾都散了,月亮也露出来了,还看见了几只不知名的大鸟,就是没有看见星星。

过了零点,我们终于下了山,问了几家农家院,客房都满了。我们只能硬着头皮往外走,一直走到景区门口。路标显示,向左八十公里到丰宁,向右三十几公里到怀柔市区,那一刻的我们又冷又饿又无力,几乎承受不住了。章鱼哥还联系了先前把我们送到景区门口的一个当地的司机,但他的电话一直无人接听。

所有办法都试过之后,章鱼哥提议:

"要不我们走夜路去怀柔?"

我突然想起多年前兜里没钱只能找警察要几块钱坐地铁回出租屋的情景,于是报警了。手机有一格信号,我们报警成功了。

我们在电话里把情况跟警察说了。他们好像对这种事情见怪不怪了。

"等会儿再给你们回电话。"警察耐心地说。

十分钟不到,他们就回电话说过来接我们。我俩感动得快要哭了,之前还一直担心警察会不管我们。我俩就坐在马路牙子上,窝在一起盖着毯子取暖,等警察到来。很快,就像电影中的英雄出场一样,警察开着一辆越野车突然出现在我们面前,然后把我俩带到附近的一个村子,还向我们解释:

"实在找不到便宜的农家院,只有二百块钱一晚上的了。"

我们忙说不贵不贵。对当时的我们而言,有地方住已是万幸,哪还会纠结价格,心里满是对警察的感激和有惊无险下山的幸运。

那家农家院没有多余的房间了,于是主人把他们自己的房间腾出来给我们住。主人是一位老人家,他感叹着:

"都一点多了,不让你们住,你们还能去哪呀?"

我俩从来没睡过那么大的炕——七八米长,能躺下十几个人。虽然炕上只有我俩,但我们还是紧紧地挤在一起。一天的经历像幻灯片一样在脑海中划过,上一刻还在无人的荒野里被狗追着逃窜,下一刻就躺在豪华的、超大的、暖洋洋的炕上,一切都发生得太快,真是不可思议。

第二天早晨,天气出奇地好,阳光透过白色的云雾铺洒下来,雨后的马路异常干净,周围的树木翠绿葱茏,鸟叫声不时地传入耳边,一切都是那么充满生机,和昨夜就像是两个世界。

在马路边等了几分钟,我们打上了一辆去怀柔城区的出租车。在车上,我们向司机一五一十地讲述了昨晚的经历,司机直呼惊险,说山里经常有野兽出没,没出事就已经很幸运了。我们这才意识到自己太草率了,在地形不熟、天气未知的情况下,就这么冒冒失失地上了山。

好不容易到市区时,我们已经又饿又渴又累,立刻去吃了个炸鸡。第一次真正意义上的登山,硬生生被我们玩儿成了一场惊心动魄的冒险。尤其是半夜三更摸黑下山的感觉,到现在都记忆犹新。也许正是这种原始而纯粹的感觉,让我们从此之后爱上了登山,爱上了户外运动,当然,我们也懂得了要对大自然充满敬畏。

到深圳后,我们开始参加更多的户外活动。深圳最高的梧桐山海拔九百多米,我们爬了很多次,每次都会挑战自己，尝试以更快的速度刷新纪录。后来，我们还体验过不同形式的登山活动，比如去一些不知名的野山，一些没有任何规划的山，会期待那些山只有我俩曾经走过。

2019年，我们开始攀登人生中的第一座雪山——四川阿坝的四姑娘山。这个提议最早是章鱼哥发起的。从云南度蜜月回来之后，他就一直对当时没去的梅里雪山念念不忘，并且一下子对雪山着了迷，没事就在网上扒拉各种雪山的照片和信息，合计着什么时候去登一座雪山，然后他就发现了四姑娘山。

四姑娘山是一个服务完备的景区，一共有四座雪山，最高的"幺妹峰"海拔在六千米以上，其他三座山的海拔也都在五千六百米以上，而且并不陡峭，只用腿脚就能上去，前提是需要雇一名向导。详细了解了需要携带的东西，做了充足的准备后，我们在二手平台上买了冲锋衣、冲锋裤、登山杖和头灯，还有适用于零下二十摄氏度低温环境的睡袋，就准备出发了。

我们提前找好了一位名叫三哥的高山向导，他是四姑娘山镇本地的嘉绒藏族人。进山前我们就借宿在他家。四姑娘山镇的海拔在三千两百米左右，刚到的时候我还没有明显的高原反应，只是晚上睡觉时有点不舒服，心跳非常快，头好像要裂开，不过第二天一早起来就好了。

三哥临时有事，给我们安排了一个年轻的小向导，姓徐，年纪和我们差不多。他牵着三匹马，一匹驮着一大桶水和一些食材；另外两匹是给我们准备的，万一我们体力不支，就可以骑马回到大本营。巧的是，上山那天也下雨了，路上全是泥泞，几乎无从下脚。章鱼哥提议我们骑马上去，可我倔得很，既然是来爬山的，那骑马上去算怎么回事。所以冒着雨，踩着泥泞路，再加上高原反应造成的缺氧和加倍疲劳，我们硬是一路爬了十六公里上山，到了海拔四千三百米左右的大本营。换下满是泥泞的冲锋裤，卸下背包，我和章鱼哥感觉还不错，在大本营附近走来走去，想找土拨鼠玩儿，还拍了一些照片。

快到吃晚饭的时候，我开始难受了，嘴唇发紫，直犯恶心，吃不下东西。徐向导对我说：

"你早点睡吧，凌晨三点就要起来冲顶了。"

我钻进自己的睡袋，躺在木板房的大通铺上，顶着接近零摄氏度的严寒天气，昏昏沉沉地睡过去了。章鱼哥也早早躺下了，我们都太累了，在高原上爬山就好像发着四十摄氏度的高烧去跑步一样，对肉体是一种折磨，也是一种历练。

向导说，凌晨两三点得起床，喝点粥垫一下就要出发冲顶了。这个时间出发的好处是，天黑看不清山路的险峭，就不会害怕；可以给当天下山留出足够的时间；运气好的话，还能看到日出时的云海、佛光，以及无比险峻的幺妹峰。

我们准时起来了，但已没法冲顶，因为我半夜吐得很厉害，胃里已经被吐空了，光吐水就吐了十几次，每次都要从睡袋里钻出来，冒着严寒到外面去吐，根本睡不好，体能值为零。章鱼哥还好，可也不能扔下我自己去冲顶。我们只好等到天亮，然后撤回山下。这次我认怂了，乖乖地骑马下山，虽然这样不累，速度也更快，但我更害怕了，因为马面对垂直的陡坡时，会直接跳下去。它每跳一下，我的心就抖一下。

那是我们第一次爬雪山，高估了自己的能力，不懂得在前期保存体力，一开始就用尽全力往上爬，导致冲顶的时候已经筋疲力尽。虽然第一次登顶失败了，但是爬山带来的心境的改变，却影响了我们的一生。

登山的途中，要专注地看着路面，看着你所迈出的每一步，带着对顶峰的向往和对风景的期待。那种专注，那种远离城市喧嚣的安宁，那种在放弃和坚持之间不断摇摆的心路历程，那种对恶劣天气的抵抗……都是在探索自我，是在和自己的内心对话。在不断攀登的过程中，我仿佛拥有了与这个世界对抗的力量。

后来，机缘巧合，我们又在不同时间各自去了四姑娘山，再次爬了那座雪山，很顺利地，我们都成功登顶了。我第一次看到了日月同辉的景象，看到了双层的、像一扇大门一样的七彩光晕，中间仿佛真的立着一尊佛像。那一刻我觉得，所有的辛苦付出都值了！真正令人心醉的美景，必然不是轻易就能看到的。人生又何尝不是这样呢，能从痛苦中收获幸福，也必然不是个容易的过程。

还有一次印象深刻的攀登，是在四川泸定的红岩顶，那里海拔三千四百米左右。我和章鱼哥以及另外两个朋友，抵达的时候已是半夜。我们穿上厚厚的衣服，冒着小雨，在人迹罕至的山路上穿行。爬到凌晨时，乌云散了，漫天的星星露了出来，那样的情境下，真的会让人完全忘记疲惫，仿佛身体只要在正确的地方，怎么都不会觉得累。我们四个人慢悠悠地上了山，打算扎帐篷露营。那里是牦牛的地盘，地上全是淤泥，找不到干净地方，我们只好硬着头皮把帐篷扎在了一坨坨牛粪上，好处是睡在上面松松软软的。

第二天艳阳高照，本以为站在红岩顶可以看到"蜀山之王"贡嘎山，但遗憾的是，云彩遮住了它的全貌。朋友提议我们骑马下山，因为下山比上山痛苦，膝盖压力很大，我们还都是重装。骑着马，我就顾不上看风景了，虽然我小时候赶过马车，但缰绳不在自己手里，感觉完全是两回事。我只能全神贯注地抓紧马鞍，由向导牵着马。

惊喜出现了。下山的途中我偶然一次抬头，竟看见了远处的田海子山，它高耸入云，像支矛一样直插云霄，在云彩散开的地方若隐若现。只一眼，我就永远忘不掉那个山尖。那一刻我真正感受到什么叫敬畏，也理解了为什么藏族人把每座山都赋予一个神明的称谓，因为那不是人类能够达到的高度。我爱山，山就在那里，几千年、几万年、几亿年，它们在沉默中迁移，在沉默中成长，在沉默中守护，在沉默中见证岁月更迭。如果说周边人事的变化是让我走出自卑、走出童年阴影的力量，那么登山则让我真正找到了生命的力量感和对自我的掌控感。在每一次向上攀登的过程中，每一次克服地心引力的过程中，每一次选定了方向并一往无前的过程中，我获得了对抗全世界的力量，也似乎洞悉了万物运行的法则。这心境，竟巧妙地呼应了我自考时期曾摘抄在日志中的一句话：

"一切美好的事物都是曲折地接近自己的目标，一切笔直都是骗人的。"

后 退

我给自己取了个网名叫"浮浪人"。宋朝时重农轻商,人们把商人叫作浮浪人,即漂浮不定、没有根的人。

如果说浮浪是一种生活方式,那说的应该就是早期我和父亲在北京漂泊的日子,父亲走后变成了我自己漂泊,再之后遇到了章鱼哥,我们两个人一起漂泊。以前的漂泊是没有固定的住所,没有好工作,没有学历,也没有目标。现在的漂泊已完全不同,我有了积蓄,有了固定的住所,也有了安全感。于是我开始敢于冒险,主动地探索生活。

把时间拨回到2016年底。我们在深圳买了房,有了一个属于自己的"兔子窝",小时候的幻想终于变成现实,醒来的每一天都让我觉得明天一定会更美好。

我和章鱼哥每天按部就班地工作、生活,谁下班回家早,谁就把饭做好,晚上吃完饭我们会一起看电影、看剧、去楼下走走,或者去附近的体育中心跑跑步、聊聊天。我俩都是非常务实的人,从来不聊各自的家庭,因为没有回看和探讨的意义。

深圳是一个燃烧青春的城市。每周一到周五,我们都要在早晚高峰的地铁上历练,平衡感得好,脸皮还得厚,不然挤不上车。我个子矮,正好到别人腋窝的位置,不知道是被挤的还是被熏的,我经常觉得自己快要晕过去了。章鱼哥开玩笑说,在人群中如果不低头的话是看不见我的。我也总打趣他,你见到领导都得低头。有一次我在地铁上挤到了身边的人。她对我说,小妹妹,你踩我脚了。那时,我每天都坚持穿高跟鞋,鞋就像长在我脚上一样,累的不仅是我自己,还会把别人踩得很疼。

每周末,我们还会去楼下的超市采购,把小冰箱塞得满满的,囤积五个工作日的菜。有时,我们会在做晚饭时捎带着把次日的午饭做好,放进保鲜盒,第二天带到公司热热吃,既方便又省钱。

每个月的最后一天,我们雷打不动地往银行卡里转固定金额的一笔钱,那是我们的房贷,第二天银行会准时将这笔钱划走。这也在时刻提醒我们,住进这所小房子,也是有代价的。

那时,每个月除去房贷和生活开销,我的工资就所剩无几了，但我们有稳定的储蓄习惯，尽可能地减少不必要的消费，所以章鱼哥每个月的工资基本都能存下来。房贷虽然不多，但它时刻提醒着我们不能失业，因为不管我们失业与否，交给银行的钱一分也不能少，所以我们必须储蓄。那时我俩的工作都与金融相关，对风险控制还是比较敏锐和敬畏的。

尤其是我。从小就体会过那种没有钱、兜里没子弹的危机感和紧迫感，这种紧迫感促使我们养成了一个习惯，拿到工资后要先把房贷和固定储蓄的部分存起来，剩下的钱才能花，尽管那已经没多少了。

到了周末，我们也会找点娱乐活动打发时间，得以从枯燥麻木的生活中复苏。外面有丰富多样的活动，但大部分都要花钱。为了省钱，也为了身体健康，我们开始寻找和培养那些"不花钱"或花很少钱就能带来快乐的爱好，比如跑步、健身、游泳、登山等。这些运动通常只需要几套简单的服饰，遇上好天气，就能有很愉悦的体验。当然，任何运动刚开始的时候都很煎熬，需要我们走出舒适区，去挑战那种心跳加速的刺激感，正好忍耐和坚持是我的强项。当把它们变成习惯后，它们就成了我生活中的快乐来源，而且不用花钱。这很重要。

我刚开始跑步的时候，只能跑三公里，渐渐变成五公里、十公里，现在我可以用两小时左右的时间跑完半程马拉松。

跑步让我的体力变得更好，也给我制造了一个情绪宣泄的出口，可以在繁忙的间隙得到缓解，尤其是高速奔跑时，烦恼和压力好像也被我远远地甩到了身后。在感受强风吹拂的过程中，心灵的能量完成了重聚，更强的生命力觉醒了。

奔跑给了我目标；奔跑把我过往经历过的闪光点或至暗点都连成了线；奔跑让我摆脱了两点一线的机械化生活，也是奔跑让我意识到，我的人生需要不断改变，要去更多不同的地方——不只是物理上的，更是精神上的。

可是我动不了。拼尽全力才买下的房子，让我们恨不得用双手捧着供起来。为了按时还房贷，我们不敢冒一点点风险，哪怕请几天假都会担心影响绩效评定。我们不敢去旅游，也不敢消费，我有很多东西都是在二手交易平台上买的。在计划去香港读书的时候，房贷是第一时间闪入我脑海的顾虑。这看似理想和稳定的生活，好像变成了禁锢我们的牢笼。

为了生存，为了还房贷，我一直本本分分地工作和生活。直到2020年，深圳的房价又一次疯狂大涨，身边的人都在议论。一套房子每天涨价几十万的事情层出不穷。我们的小房子也涨价了，数字一天一变，我和章鱼哥的心情也跟着一天一变。我们房子的买入价是一百多万，中介说当下成交价二百多万，刚过几天，中介又说，已经可以三百多万成交了。周围的人都变得很疯狂，但疯狂的事往往不会持续很久。章鱼哥嗅到了一种莫名的危机感,他说我们应该把这个小房子挂出去,看看能不能卖掉,如果售价超过了我们的心理价位,就没必要留在手里。他还看了广州郊区的一些房子,均价两万多。我们可以在那里置换一套有阳光的房子,面积也至少大一倍,还能剩下一笔钱。

当时我和章鱼哥已经陷入很疲劳的状态,虽然每天都在很努力地生活,但好像并没有那么快乐。我们厌烦了可能性越来越少、路越走越窄的生活,于是找了个时间,我们从深圳坐高铁去广州郊区看房。刚开始看的两套都不是很理想,面积太小,采光和通风也不好。

我想,既然从深圳换到广州,我们就一定要过上更舒适的生活,不然这种迁徙就没有意义。当看到第三套房子的时候,我的眼睛亮了,那是一套南北通透、两室一厅的大房子,主卧有很大的飘窗,每个房间都有窗户,采光和通风都很好。

出于本能的喜欢,我立刻确定这就是我想住的房子。当晚回到深圳我们就开始合计,为换房做打算。卖房很顺利,深圳的房子虽然小,但位于学区,很受买家欢迎。由于我们当时都没有广州的购房资格,所以我们在交了定金之后,同步办理了我的广州落户手续,才获取了买房的资格,同时我们还要凑齐新房的首付款,这一切都发生在一个月内。这么短的时间里我们完成了广州落户、深圳卖房、广州买房这一系列复杂的操作。

广州的房子过户时,我正在备考雅思,为博士入学做准备,同时还要忙于新房子的装修。为了最大限度地省钱,我找了个包工头帮忙监工,室内设计的部分则由我自己把控,这次我像规划自己的人生那样规划着我们的房子。我们把最大的主卧变成了书房,里面放置一张大大的书桌和一面书架。章鱼哥也有了自己专属的音乐区,那里有一个矮柜,上面放着CD机和黑胶唱机,旁边配上一张带脚踏的躺椅,还有一个专门用来放黑胶唱片和CD的柜子。

2021年,房子终于装修好了。我们顺利入住,完成了人生中又一次"退出"——"逃离"了深圳,来到了广州。我们的房子大了两倍,房贷却没有增加,我们手头也有了一笔还算可观的积蓄,这给了我们冒险的底气。章鱼哥不用再担心房子断供,可以顺着自己的心意做喜欢的事情了,也能最大程度地发挥自己的能力。但有些东西没变:我们依然热爱跑步和登山,依然定期储蓄,依然不断探索尽可能少花钱的爱好。

我经常在书房学习、写作和阅读,最喜欢趴在飘窗上晒太阳。每当这个时候,我心中都充满感恩,我终于过上了理想的生活,有一所有着明亮阳光的大房子,有自己的爱人。这一切,并不是我一味朝前走的结果,而是我懂得把"后退"和"前进"结合起来。

如同爬山，也会有前进和后退。想登上一座高峰，必然要经历曲折的山路，要反复上山、下山，最后才能登顶。如果想继续攀登另一座高峰，更需要下山，去经历另一段曲折和起伏。如果一直不下山，那就只能永远待在一个山头上。其实只要不想向上走得更高更远，当前拥有的东西就是足够的；但只要你想往上走，就要把现有的东西打破并重建。

　　浮浪人的生活方式不是单纯的漂泊，也不是居无定所，而是不断反思当下的生活方式和思维习惯，在前进的同时适时后退，勇往直前也不惧怕偶尔绕弯。在这个过程中，要相信自己的直觉，也要倾听别人的谏言。将来，我也会继续保持这样洒脱的生活方式，在曲折的、不断起伏的道路上，发现新的可能性，给自己的生活制造意外的惊喜。

扩 张

创业后,在与客户打交道的过程中,我发现了很多经营上的问题,比如如何更好地激励出团队的创造力,更高效地建立企业的设计标准等,这也奠定了我后来读博期间的研究方向。

维持一家小公司并不容易,一个人要身兼数职,不过养活自己是没问题的,可我还是能一眼看到这条路的尽头。这种经营模式对我来说是一种退路,在我的舒适区内。我又开始盘算,到底怎么样才能给未来创造更多的可能性,带我走向不曾设想过的地方。回想我这一路的学习经历:自考时一边打工一边学习,高分考过了三十多门科目;从零起步学英语,顺利通过雅思;在香港读硕期间也表现出超强的实力……这些似乎都说明,我是可以继续在学业上有所精进的。我听人说,记忆力好的人很适合读书,而我也很擅长将点连成线,擅长把看似复杂的信息进行整合,让它们变得像网格一样脉络清晰、便于提取。此外,每当我们去其他学校做设计工作坊、上公开课,与大学生打交道时,我都会深深觉得,一年的校园生活太短暂了,好像还没真正开始就结束了。

于是,我动了去香港读博的念头。起初我不懂做学术研究要做什么,只能照猫画虎地按照学校的要求去准备申请材料。目标导师是我硕士在读期间打过很多交道的一位教授,我觉得她的研究方向很适合我,再加上私下里我们也一起吃过饭,所以我想,联系一位认识的导师,总比联系完全不认识的导师要有把握。

申请硕士时,我的自我介绍中写的是相关的工作经验和优势,以及这个专业本身如何帮助我实现将来的职业目标。那时的我还在和自己打架,申请材料里写的都是我自认为的优点和亮点,但这次申博不同,我不再刻意避开自己的过去,而是更真诚地表露我过往的经历,以及那些与众不同的经历是如何塑造我的。我在申请材料里面写道:

"从十三四岁开始打工,十几年都没怎么上过学。我是一个非常自卑的女孩,克服了很多困难才来到香港。"

我还提到学校对我的影响,以及如何在学校生活中渐渐走出自卑的牢笼,渐渐知道自己是谁。

总的来说，博士的申请逻辑和硕士完全不同，我必须花几个月时间去看文献、写研究计划，这对我来说很困难，因为做学术研究和以前读硕士时完成作业不太一样：那时我们通常是针对很现实的问题提出解决方案，其间主要靠自己的观察、摸索，以及小组讨论；做学术研究则需要站在前人的肩膀上，把这个领域研究得更深入，挖掘更多的价值。这一切的前提是要会提出问题，提出非常精准的、未被人问过的、一旦找到答案将非常有意义的问题。

我此前没有接受过这样的教育。在工作和生活中我一直是解决问题的那个人，尤其是非常实际的问题，比如吃什么、做什么、怎么挣钱。我不知道该如何分析文献，并从中找出那个有价值的、值得被研究的问题，所以写研究计划是我经历过的最大的困难。那种手足无措的感觉一直伴随着我。我一直在努力，却没办法判断努力的方向对不对、好不好。

当然，我也不是遇到困难只会闷头干的人，我求助了硕士期间的另一位导师，我们开了一个线上会议，他给我的研究方向提出了至关重要的建议。后来，我把研究计划反反复复修改了十几次，并赶在申请的早期，就把所有材料都交了上去。我当时准备得并不周全，章鱼哥也鼓励我接受可能的失败，做好次年再申请的准备，可我总觉得，凡事赶早不赶晚。

现在回头去看，我当时的决定无比正确，因为从2021年开始，香港地区高校的博士申请越发困难，晚一年就要面临更激烈的竞争，我的机会可能更渺茫。要想成事，天时地利人和缺一不可。递交申请后过了几个月，我的邮箱又一次收到了香港理工大学的面试邀请，但这一次我没有像前一次那么惊讶和紧张了，我心里已经有了底气。我开始紧锣密鼓地准备，这是往上爬的另一把钥匙，我得把握好。和上次一样，我把老师可能会问到的所有问题全都写出来，然后反反复复地自问自答，每天练习，模拟面试，嗓子都说哑了。

面试的场景和硕士面试时几乎一模一样，我在深圳的小家里，同样的书桌、同样的位置，甚至连写着关键词的便笺纸贴在墙上的位置都一样。不同的是，我变成了短头发，总是遮住额头的厚厚的刘海也变薄了。面试前，为了让自己不紧张，我在小客厅里，面对着只能看到走廊的窗户，做了一百个蹲起。这是我自己的小妙招，运动带来的心跳加速会骗过大脑，让它分不清到底是因为紧张，还是因为运动。负责面试的老师有两位，其中那位女导师是我熟悉的，也是我的目标导师。她笑眯眯的表情让我也没那么紧张了。她的问题主要是关于研究计划的，并让我用三个词来总结我的研究计划。她问第一遍的时候我没太听懂，于是她又重复了一遍。我回答了三个关键词。她还问我，有没有找人帮忙润色研究计划，我如实回答，有。因为学术写作和常规英语写作不太一样，有特定的要求和格式，对母语非英语的人来说，找专业人员帮忙检查和润色是很正常的事情。

之后她没有再继续问别的问题。另一位男教授则问我是个什么性格的人，他说他发现很多中国同学非常害羞，不爱说话，也不喜欢提问。我立马抢话：

"我不是，我正好相反。"

男教授说："你先让我把话说完。"

我不好意思地笑了。

面试结束后，我预感可能没戏了，因为我回答的那三个关键词，似乎有两个都与女导师的研究方向不相关，再加上我当时好像聋了一样，居然没听清楚她的问题。于是我也就不抱太大希望了，想着不行的话来年再申请吧，继续挣钱也不错。

我不知道命运偏爱什么样的人，但它再次眷顾了我。面试结束一段时间后，我几乎不怎么查看邮件了，因为觉得没希望。邮箱沉默了好些日子，突然有一天收到了一封邮件，发件人是设计学院的秘书。她说，那位女教授拒绝做我的导师，但另一位 M 教授愿意做我的临时导师，还指定了另外一位我不熟悉的老师作为辅助导师。

除此之外，我还获得了每个月一万八千港币的奖学金，但条件是我必须在三个月内把雅思考到6.5分,并递交成绩。这封邮件是当天下午两点三十八分收到的,里面写着:"We will only process your application if your confirmation has reached us by today.(只有在今天之前回复确认,我们才会处理您的申请。)"。我必须当天回复这封邮件,否则我的申请就彻底结束了。

我心里有很多的疑惑,短短几百个英文单词的邮件,我好像看了很长很长时间,但来不及解惑了。在当天下午两点四十六分,我回复了邮件,给秘书以及抄送名单里那些我不熟悉名字的教授。我说,我接受这个 offer。从收到邮件到回复确认,中间经历了八分钟,但八分钟前的我和八分钟后的我,已然变成了两个人,也有了两种截然不同的人生轨迹。

回复确认后不久,M教授就给我发来了邮件,想要帮我改一改我的研究计划。他还鼓励我,雅思可以在短时间内考很多次。我之前完全不认识他,但他通过我的申请材料认识了我,好像和我很熟一样。我猜想,M教授当下只愿意做我的临时导师,说明我们的研究方向并不相关,但他又想给我机会,那就先收进来,之后走一步看一步。事实证明,我猜对了。

需要补雅思成绩,可能是因为我面试时英语表达的表现不佳。三个月的时限对我来说不是难事,但我还是不敢小觑。我做了一份非常详细的月度计划，针对自己的弱项——口语和写作重点攻破。那时是冬天，深圳没有暖气，我每天就裹一个毛毯坐在凳子上学习，那个小房子没有自然光，每天都开着灯，我就从早到晚地学，早上起来吃点早饭，一直学到深夜脑子转不动了为止。

那段时间我太累了，尤其是参加雅思考试时，每天五点左右天不亮就起床，因为压力大，早饭也吃不下。考点是在深圳华强北附近的一个考场，两边都是卖手机的商场。一场考试三个多小时，我不敢吃太多、喝太多，怕上厕所。考完出来后，章鱼哥在考场外等我，我就躺在马路旁的绿化带上休息，太阳暖融融的，就当是给我充充电。当天我们还带着行李箱，因为晚上要去广州看新房装修现场。我心情很沮丧，因为担心自己没考好。在深圳北火车站等车的间隙，我抱住章鱼哥，眼泪不争气地掉下来。我问他："如果我没考过，你会不会对我很失望？"他说："怎么会呢，再考一次就好了。"我对自己要求太高了，神经一直绷得很紧。还没等成绩出来，我紧接着就报名了第二场考试。这一场我感觉还不错，应该能考到 6.5 分了。

没想到，第一场考试我就已经考了 6.5 分，第二场考试 7.5 分，听力和阅读甚至都得了 8 分，连我最没信心的口语都得了 7 分。

面试后不到一个月，我就把雅思成绩发给了学校。之后几天，我的痔疮犯了，坐着站着都难受，章鱼哥陪我去医院，才知道痔疮已经非常严重了。你看，凡事都有代价。章鱼哥看我难受，他也心疼。这次犯病让我意识到，没有什么比健康更重要，之后的旅程会越来越艰辛，我没有任何做研究的经验，必然要付出更多的精力和时间去补课。

章鱼哥也总宽慰我，如果觉得读书实在很累，那我们可以选择不读了，一切跟着直觉走，不用强求一个必然的结果，体验了努力和选择就足够了。有一种勇敢，并不是毫无畏惧地前进，而是能够淡然地后退或放弃。可说归说，我无论如何都不可能做个半途而废的人。我真的做不到。

对我来说，能去上学就已经很好了，更不敢对导师挑三拣四的。命运似乎总有两种模式，先甜后苦或者先苦后甜，可能我的命运是先苦后甜的模式吧，我遇到了一位非常非常好的老师，他不仅在学术上帮助我，更在人格层面完整地肯定了我。

开学后我才知道，M教授在香港地区乃至全世界，都是屈指可数的优秀学者。第一次和他见面时，我特别紧张，会议室的空调温度本来就很低，我还穿着一件半袖衫和一条及膝的裙子，坐在那里冷飕飕的。这让我更拘谨了。

M教授突然从门外走了进来。他走路带风，语速也很快，整个人充满活力。他把门敞开着，快速坐到了会议桌旁边的椅子上，身体面对着我，正视着我。当时我们都戴着口罩，只能看到彼此的眼睛。

我简单地介绍了一下自己，M教授则交代我一些上学要注意的事情。很奇怪的是，他并没有说让我要好好学习之类的话，却对我说，要好好享受生活，读博士并不是一切，要多去户外爬爬山，多交朋友，做一个开心和感恩的人。这反倒把我说蒙了，因为之前没有哪个老师和我说过这样的话，我更是经常对自己说，要抓住一切机会向上爬，要每天都有进步。谈话期间，因为空调温度太低，我几次忍不住摸了摸自己的胳膊，M教授便多次问我，需不需要把温度调高一点，我说不用，因为我很怕麻烦别人。不过他还是把温度调高了。

他问我适不适应香港的生活，我说不太适应。我刚到香港的时候在酒店隔离了七八天，当时我的情绪还好，但是解除隔离搬进博士生宿舍之后，身边每天都有同学，我反而觉得孤独，经常哭着给章鱼哥打电话，逼他听我唱那首《爱就一个字》。香港的东西都太贵了，我舍不得买好吃的；想出去走走，可外面到处都是人；想去爬山，可没有动力。我把这些都如实和老师说了，他没说话，又问了我一些将来的打算，我说我可能不会去学校当老师，因为我没有参加过正式的高考。

M教授和我分享了他另外一个学生的故事。他告诉我，那位同学也来自偏远的农村，因为没钱差点儿没来上学，但这些都没能阻挡她的脚步。

M教授坚定地对我说：

"我很尊重像你这样的人，辛苦工作，获得更好的人生。"

这句话就这么自然而然地从他的口中说出来。他那么优秀，那么受人尊敬，他是首席教授，是世界顶级学者。他的一句话好像顶别人的一万句，盖过了所有我曾接收到的来自陌生人或身边人的打压和批评。我甚至不需要拿任何奖状给他，只需要真实地展现自己。

他就这样以正面的、肯定的方式看到了我。我看着他的眼睛，用沉默回应了他的话。和表扬相比，我似乎更习惯不被人认可。在沉默中，我好像回到了小时候：十三岁开始陆续在饭店、工厂、网吧打工，小心翼翼地做事，看继母的眼色，遭遇父亲意外离世，眼看他下葬时的撕心裂肺……我的内心翻江倒海，好像沸腾的水壶盖子，前面十几年的经历在脑中一一闪过。这一次我真正跨过记忆中的自己——那个被忽略的自己、被怀疑的自己、被打压的自己，没有价值的自己、没有自尊的自己、没有优点的自己……

我觉得自己真的被看到了。在那之前，我总认为自己没有做成什么事情，也没有什么成就。但M教授让我意识到，原来成就不是用高考考了多少分、挣了多少钱作为衡量标准的，我经历的所有痛苦、克服的所有困难，都是我的成就。他的一句话，好像猛然把我从过去的阴影中推了出来，从此开始向阳生长。我用新的角度看待自己的过去，发现它们并不是我人生的污点，而是我人生的价值。正是那些我一度想要摆脱的生命底色，让我成了我。

关于临时导师这件事，开学后他就不提了。他也就顺理成章成了我的正式导师。我们会定期开会，讨论研究的进展、学习的规划，他也会分享很多他所克服的困难。每一门新课开始时，同学们都要先介绍一下自己，起初我总会说：

"我可能比这个屋子里的所有人工作的时间都长……"

我想以此证明，我有资格坐在这里，尽管我没有光鲜的经历和闪闪发亮的奖杯。

M 教授注意到了。有一次他对我说：

"小小，往前看。每个人都有自己的困难，我们要克服它，不用经常说出来。"

他还常和学生强调，不管是做人还是做科研，一定要正直。任何东西都换不来一个人的正直。他的话我都记在心里了。我很珍惜这次机会，能在这里读博，本身就是一种幸运，即使再累，也是我做过的最容易的事情，并且是长期有益的事情。

博士同学中，大部分都是中国人，也有一些来自印度、德国、韩国、乌干达等国家。他们大多毕业于顶尖学校，父母要么是老师，要么做生意，非小富即小贵。他们的家庭所积累的财富、资源和人脉已经很稳固。

来到这里的人，并不全是多么努力或多么聪明，决定成败的最重要的百分之一，可能就是幸运。很多人没有来这里读书的机会，也不是因为他们笨、不努力，或者学校差，而是因为生活不可能对所有人都公平。这也让我意识到，穷人家的孩子想要冲破阶层的束缚，必须比别人多付出几倍的努力，因为起点不同。别人可以报很贵的培训班，付费加速成长，看得更多、更远。而我，必须脚踏实地地，一步一步地，向前走。

虽然我已经读到博士，但是由于基础教育的缺失，我还是有很多知识盲区。比如，我会把一些简单的字音读错，就像"神经中枢"，我会读成"神经中区"；基础的物理、地理和历史知识，我也不是很懂；我没怎么读过名著，以前读的书都是与考试相关的。同学们聊存在主义，聊斯宾诺莎、笛卡尔、亚里士多德——这些名字在我听来都像诗歌。

我没有耐心好好学习英语的音标，所以每一个英语单词的读音都是我靠死记硬背记下来的，而有些单词的读音我一开始就记错了。有次要做一场很重要的汇报演讲，我就请我的博士同学小夏先帮我听一遍，他是个热心的东北人。结果我把一个很简单的单词读错了音，他听完后，耐心地给我指出来。我不好意思地嘿嘿笑了,他说没关系,跟着他读几遍就记住了。

同学们大部分是学设计和艺术的,比如小夏,还有另外一个同学,我们给她起了个外号叫"鸽神"。他俩都很会画画,我家里挂的很多画都是他俩画的。我一点儿文艺细胞都没有,每次给他们送礼物的时候,只会买瓶我喜欢吃的辣椒酱,或者送一块我在雪山上捡的石头。

我们也会聊学历,因为大家都很好奇彼此的背景,这就像是一张入场券。对我来说,当年以自考为契机,一直走到这里,也算是改变命运了。有位曾在国外读硕士的同学曾轻飘飘、不以为然地说:

"我来这儿了,可也没改变命运啊。"

"你这话应该和那些生活不如你的人说。"我平静地回复。

我无法说服自己,他们是和我一样的人。因为各自的经历塑造了每个人鲜明的个性,但这不妨碍我们成为朋友。我们的不同才让彼此变得更加完整。我们会一起玩冲浪、浮潜、滑板这类冒险的、具有探索精神的项目。如果说读硕期间我还在闷头向前走的话,那么这个时期的我,终于开始抬头看天空的云和地上的落叶、感受风轻轻拂过、聆听人们的轻声交谈。我不再是一个人了,我有了很多同伴。

我也会给他们讲我的故事。有个朋友听到一半,眼泪就哗地流了下来，我们都哭了。"鸽神"还说，要守护我一辈子。我并不期待他们能完全理解，也不奢望能得到我理想中的回应，但这种本能的情感共鸣，对我就是一种安慰。我也会半开玩笑地对他们说，我就像一个外星人，走了很久，走得很累，才身心健康地站在这里，与他们的人生相汇。

和他们聊天时，我也获得了以前没有过的复杂感受。他们对自己的未来都有很清晰的规划，眼前的目标非常具体，通常是要发什么文章、发几篇。这种专注可以让人建立非常清晰的边界，从而对外界的信息具有很强的筛选和过滤能力。章鱼哥经常感叹，以前还能和我就某些事情辩一辩，现在已经说不过我了。做学术研究需要读长文章、写长文章，这对专注力、逻辑能力和思辨能力的塑造是非常有效的。我们在读的是哲学博士学位，我觉得哲学的本质就是辩论和探讨，我们到底该如何认识世界、解释世界。

读博并不是一件轻松的事情。我对自己很严格，每天几点到学校、完成哪些作业、看哪些书，甚至几点去游泳、健身，都规划得很明确，我很享受把每件事情完成时打钩的那个动作。有的同学也受我影响，开始把每天、每周、每月的任务都安排好。我的精力很旺盛，他们总说我像个体育委员，经常和大家一起去跑步和爬山。我还是一个很有感染力和号召力的人，愿意给别人积极的能量，也喜欢给朋友们制造惊喜。

当时有一位来我们这里做交换的博士生，和我在同一个办公室。我们朝夕相处了快一年，感情很好。他临走前，我悄悄地打印了一整本满是照片的册子，然后挨个拿给认识的同学写字、画画或签名。他收到这份礼物的时候泪洒当场，哽咽着发表了感言。不过也有同学吐槽，没想到都读博士了，还得写同学录。

读硕士的时候，我总怀疑自己是来到了不属于我的地方；但现在，这种想法已经完全没有了，它被自然而然地改变了。我的父亲是一个农民工，上学只上到五年级；至于生母，我都不知道她识不识字；农村的亲戚们也都差不多。而我，已经走到了和那些顶尖学校出来的孩子们同样的位置，我们在同样的教室，做同样的功课。我说一口流利的英文，写英文文章并发表在期刊上，我与来自各个国家的人交朋友，在各种会议上发言，与同行业学者进行交流……我没有真正上过大学，但是在各种机缘巧合下，在面对命运的不屈中，我从一个很低很低的起点，一层层突破，爬到现在。我走过了一段几乎不可能的旅程。坦荡地说，这是一件了不起的事！我很棒！这没什么好谦虚的，谦虚也是一种自我打压。我毫不掩饰向上走的决心，也绝不惧怕成功。当我真正开始做自己的时候，在与老师、同学的每一次互动中，我看到了他们眼中的我，那是一个有生命力的、有尊严的、真诚且善良的人。我直视镜中的自己,她是那么自信、阳光、耀眼,她的笑容充满了原始的生命力。

这样勇敢的自我呈现,以及对人格边界的感知和建立,让我对自己的认识也变得更加清晰。或许,成长就是不断地从社会中抽离、剥离,并建立自己的领地和边界,那么自我认知和自我意识也会变得越来越强大。但同时,我还是会感觉孤独。虽然我有很多朋友,但更多时候是我给身边的人带来力量,我对他们可能就像一座灯塔,我成了他们的"出租车司机"。可是对我来说,已经过了被一句话改变命运的年纪。人生刚启航的时候,我还能看到别人为我修筑的灯塔;当我走得越来越远、离岸边也越来越远时,灯塔也变得越来越少。我只能仰望星空,去看那些伟大的人,让他们成为我的领路人。

我们学校有福利,可以申请去国外访学,每个月额外给补贴。有些同学不在乎这种机会。他们说:"你没去过,你才会向往,我全世界各地都去遍了,觉得没什么意思。"对我来说,每一次机会都是那把打开更多可能性的魔法钥匙,所以我肯定是要抓住的。我联系了美国、英国、澳大利亚等七八个国家的教授,最后,芬兰阿尔托大学(Aalto University)的一位老师回复我了。她很热心,在正式邀请我进研究组之前,已经和她团队中的博士、教授都介绍了我,他们也希望我加入。这位老师对我说:

"大家都很欢迎你来。"

我受宠若惊，同时也很感慨，爱和善意的流动是这么快速和简单，尽管我们身处地球的两端。

正式拿到阿尔托大学的邀请信后，学院负责人力资源的同事非常细心，给我发来一份一米长的邮件，告诉我怎么在芬兰租房、买二手家具、办签证、学习芬兰语，以及哪些地方可以游玩。再过几个月，我就会去这个国家。现在的我，满心期待在那里认识新的老师和同学，或许那将再次给我带来不一样的机会。这种源源不断地纳入新体验的过程，让我的世界得到有序的扩张，它给我带来了全新的精神上的自由和富足。

除了在学术上继续精进之外，我也想像项飙老师在他的书里所说的那样，把自己作为实证的材料去研究，把自己的经验问题化，我既是研究者，也是被研究的对象，在这个过程中，形成一种思维工具，找到认知并解释世界的方法和角度。

赤子

我三十岁了。俗话说三十而立,我却觉得,应该是三十而始,因为我的生命才刚刚开始,我才感觉到自己真正在活着。这世界还有那么多东西值得我探索,还有那么多人等着我遇见。

这一路向上走,我收获的东西越来越多,卸下的、抛掉的东西也越来越多。之前曾有朋友对我说,我之所以能够这么自由地选择,是因为我没有父母的羁绊。我反驳她,不是的,我人生中无数次做决定的时刻,都有很多力量把我往回拉、往下拉,但我每一次都坚定地走在我想走的路上,才有了今天。决定自考时,身边的同事说我肯定不行;我想往上走的时候,家里亲戚对我说,你别忘了,你永远是个农村人;传销团伙中的男人曾打压我,你这样的,出去卖都没人要。也有亲戚觉得我自私、没良心，不和他们联系；我也曾一度怀疑自己做得不对。可是现在想想，或许正是因为"自私"，才得以留住自我。

肆意生长的过程中，我没有让任何人来定义我，我总觉得，活在别人的定义里是很危险也很辛苦的事情。我会有意地识别那些语言陷阱，避免让自己跳进去。当然，我也不可能完全按照自己的想法做事情，毕竟人是社会动物，我们都需要从他人的反馈中调整自己的行为，所以自我价值体系的建立，其实也是一种在"我想要"和"别人想要"之间达成的平衡。其中一个方式，就是多听听别人的建议，尤其是那些我们信任的、更优秀的人。这种成长所带来的改变是倍数级的，因为有人验证过，他把经验直接告诉你，你就减少了犯致命错误的可能性。

回溯过往，北京、上海、深圳、香港、广州，五个城市串联起了我的生活：北京，是我漂泊、成长的地方，给了我受教育的机会，我从社会大学毕业拿到本科学历，如果我从小生长在农村或小乡镇，应该不会有机会去做客服、做猎头，也不会接触自考；上海，虽然我没有在那里长期生活过，但是用一句话点醒我的出租车司机是上海人，上海的生活经历成就了他，也间接成就了我；深圳，让我真正进入职场，并且获得了我所渴望的教育；香港，我的老师和同学给了我极大的包容、鼓励与尊重，让我开始接纳自己、爱自己；广州，教会我生活，让我放慢脚步，给自己一个安全的归属，也让我有了进一步冒险的底气。

每离开一座城市，就好像在我生命中竖起了一道里程碑，我和那些确定的、既定的过去告别，走向不确定的、充满变化的未来。理想中，我想像鸟儿一样迁徙，虽然每次变化不一定都是好的，但变化一定意味着机会。

骆驼时期，尚未成年的我，是被推着走的。别人总对我说，你应当做什么。而我，由于外部的生存压力，必须去做那些我并不理解的事情，就像一只背负着行囊的骆驼，只能负重前行，埋头赶路。

狮子时期，我成年了，我被一语惊醒，选择自考，那是我第一次感受到"我要做一件事"的强烈动机，我拼尽了全力去实现自己的渴望，如同饥饿的狮子扑向猎物。

过程中，我也有放不下的东西。父亲的早逝让我感觉很无力，我总回想起他躺在病床上，我握着他手时那种温暖的感觉，那竟是我们最后一次的接触，我和他，甚至没有好好地拥抱过。每每想到他吃的苦、受的罪、那一杯他没有喝到的啤酒，我就后悔曾对他说过的每一句狠话、挂掉他的每一个电话、每一个不回家的节日和每一滴没有在他面前流出来的眼泪。我曾回到父亲的坟头前，看着那个荒凉的土堆，我好想大声喊一声"爸"，可我知道我再也

听不到他的回答。我不理解,为什么父亲去世后,我才真正了解他,为什么人不能倒着活。我曾写下这几句话,来缅怀父亲:

> 我给父亲烧了很多钱
> 把糖剥开给他摆好
> 也和他说了几句话
> 爸爸,我来看你了

> 眼泪一滴一滴地敲打地面
> 爸爸,你听见了吗

> 我带走了一点坟堆的土
> 如果灵魂需要指引
> 爸爸,你跟来吧

伴随着对父亲的回忆,我也总想起我们家那匹马儿。寿命长的马可以活三十多年,但我想它现在肯定已经不在了,不能干活的马都会被人杀掉吃肉。同样让我放不下的,还有继母的面孔,仅她一个人的力量,就好像黑洞一样,时不时地,会把我身上所有耀眼的、积极的部分,全部吸走。

而生母,也总像幽灵一样出现在我的脑海。我心里有无数的问题，可能永远得不到解答。我会假想出很多答案，比如，她丢下我离开，可能不是不爱我，只是因为她是向上走的，想过顺意的日子，而我没办法出现在她想要的生活里。我也常常会好奇，妈妈煮的饭菜是什么味道呢？当我受到伤害向妈妈寻求庇护时，她的目光会是怎样的？妈妈的拥抱会给我什么样的力量？我脑袋里时常有一个吵闹的小孩儿，她总有一种冲动，想找到方法把这本书寄给生母，我要说的话都在这里面了。对生母来说，这或许也是一种解脱。但理智告诉我，不要，我们的人生有没有彼此，都不会有丝毫区别。

但以上这些，都不是伴随我一生的问题或困扰。某件事情本身对生活的影响其实很有限，面对事情时的思考方式才会影响长远。我总觉得，复杂的情绪体验是人生非常重要的一笔财富，它让我变成一个情感丰富的人，能理解复杂的人性。我的情感控制能力很强，再加上我每天有很多事情要做，没有精力和时间沉浸在过去的痛苦中。更重要的是，这些难得的体验就像是五颜六色的画笔，不仅将我过去的生活变得丰富多彩，也将在未来描绘出一个充满活力的自己。

那些放不下的东西，就像是我生活中的一点盐、一点辣椒，给生活加点料，让我们笑中带泪，让我们变成更生动的人、更善良的人。生活不可能永远都积极向上，那是一个完美的假象。我也不想再做一个只顾着埋头前进的人。偶尔回看过去，当我试图去抓那根亲情的绳子却怎么也抓不住时，我还是会去回忆并感受那种亲情的联结和羁绊，即便这会让我难过或遗憾，但是没关系，那还是亲情，它让我的内心感觉温暖。这让我更深刻地理解了过去，和过去的自己交流，从而更好地认识现在的自己，也让我变成一个更完整、更自洽的人。

从十三岁进入社会，到现在三十岁，我经历了十七年，比普通的大学生早了十年左右。我跑在了他们的前面。虽然我失去了童年的快乐，但我早早地验证了生存的法则。我所受的苦难不值得被歌颂，因为它们是非常悲伤的。我不希望任何一个人跟我有相同的经历，但是每一个从苦难中走出来的人都值得被颂扬，因为他们的身体里蕴藏着爆发的能量。

古罗马哲学家爱比克泰德说：我们登上并非我们所选择的舞台，演出并非我们所选择的剧本。每个人都有属于自己的苦难和命题，这不分大小、不分轻重，是我们必须经历的，也是我们必须去探索的——我们到底要成为一个什么样的人。我的人生，就像一幅被打碎了的拼图，为大家展示了另外一种可能性。当我一步一步从痛苦中走出来，内心也变得足够坚定时，社会的很多标准才开始在我身上一一瓦解——性别、身高、学历、职业、婚姻、生育……

它们都不再有标准答案,我不再被外界的东西所裹挟,就像心理咨询师崔庆龙曾写下的一段话:"一个人最宝贵的成长经验,并不是来自垒土之上拔地而起的九尺高台,反而是在废墟中蕴含着的更多的生机。那些在伤痛中一次一次复原的自我调节过程,那些对于痛苦的耐受、理解、应对和善待,都是对自己的重新养育。"

回看我的前三十年,如果说每个人的人生有一个命题,那我的解题方法就是不断地接受自己的过去,接受自己的必经之路,接受自己和他人的不同,从自卑到自爱,从拼命前进到拥抱任何可能性乃至拥抱一切。现在我已经过上了比我童年幻想中的更好的生活,可我却开始怀念小时候,那时每天身边都有不一样的人,有新鲜的事情,有很多的变化,我也没有任何畏惧。

我把自己从骆驼变成了狮子,最后再到赤子,那其实是一个孩子的形态,他对世界拥有很多的好奇心,愿意去拥抱更多的可能性。而我,在拥抱可能性的同时,也在构建这种可能性,让自己保有接纳多元事物的初心,不拘泥于某个地方,也不拘泥于某种职业。人活着总得有个目标,也许找到那种可能性,就是我最大的目标。生活不是数学公式,没有最优解,那些标记好的终点不是我们要追寻的终极意义。

我想做随气候而迁徙的鸟,随大海而漂泊的浪花,随狂风而摆动的野草。我对未来充满好奇和向往,我想像当时刚入社会的那个孩子一样,可以不断创造新的可能,让自己成为多元宇宙的起点,而不是只有一个线性的人生。我要去探索更广阔的天地,带着骆驼的忍耐、狮子的勇猛和一颗赤子之心。

读博之后,我曾回到河北农村,回到我最初来到这个世界的地方。在那里我看到了,也理解了,当初和父亲一起在北京打工的叔叔伯伯们,他们的下一代,女孩子早早地结婚并且生了好几个孩子,男孩子则在农村养牛,或者在城市过着流离失所的生活。他们很辛苦,却也像镜子一样映照出,如果我的父亲仍然在世,我的继母仍然在影响我,那我的人生将会如何。我甚至意识到,曾让我自卑了几十年的其貌不扬的相貌,反而可能是我的保护伞。而父亲早早地把我推进社会,也许是因为他相信我可以,就像小时候那样,我可以把自己照顾得很好,可以自己解决问题,可以一个人玩儿得很开心。他对我有信心。

现在,我走上了完全不同的道路。生活为我洒下的每一束光,我都抓住了,并把这些光汇聚成炙热的巨大能量;生活为我抛出的每一把钥匙,我都接住了,并尽力去打开一扇扇向上走的门。那些在绝望中想卸下的一个个奇怪的我,我也不再厌弃她们,而是完全接受她们、爱她们,她们就是组成我灵魂的每一片拼图，缺一不可。她们是我抓住光的触角，是我接住钥匙的助力。

我是服务员，我是摊煎饼的，我是收银员，我是工厂流水线上的打工妹，我是猎头、客服、行政助理、产品经理，我是一个自考生、硕士生、博士生。我被遗弃过、伤害过、离开过、欺骗过。我绝望过、坚持过、收获过。

我就是你，你就是千千万万个我们。从某种意义上说，这本书不仅是我自己的故事，更是千千万万个"我们"的故事，只是以"我"的角度来讲述。我的生母、父亲、继母、堂姐、出租车司机和我的爱人，还有你，都是共同的作者，我们一起谱写这小小的却荡气回肠的生命礼赞。

这本书写给我，写给你，写给父亲，写给生母，写给所有从苦难中走出来的人。就像我给自己取的名字"小小浮浪人"一样，我们每个人都是一朵奔涌的浪花，在狂风中，在巨浪中，在每一次坠落中，把那些难以承受的低谷构建成走上高峰的起点。

致 谢

生活呀,就像车轮一样碾来碾去,有时会碾得我喘不过气来。可是,我太幸运了,有那么多的人帮助我,一点一点地把车轮挪走了。有人曾问我,为什么我的每一步都好像走对了,每一个决定都好像做对了。我说,因为在这个过程中,有无数人,有意或无意地帮了我一把。

在山西当服务员时的同事,梁静,我一直记得你的名字,你帮我熟悉环境,带我去你住的地方,使得我可以暂时离开阴冷的地下室,还带着我玩,陪我度过了非常孤独的时刻。在网吧工作时的同事,付哥、付嫂,还有李燕、大力,你们对我宽容又有耐心。在快递公司工作时,对我一边上班一边备考睁一只眼闭一只眼的史经理和王姐、给我带来积极能量的悦晴、帮助我进入互联网行业的郑一和Stella,你们都在我的人生中至关重要。

堂姐和姐夫,从我出来工作开始就尽心尽力地帮助我、关心我。我一直记得有一年冬天,堂姐专门来我上班的工厂帮我洗羽绒服。那年她也就二十岁左右。我们打了一盆热水,一起蹲在水房的水泥地上,两双手在洗脸盆儿里搓来搓去,水蒸气一阵儿一阵儿地呼在脸上,脸上热乎乎的,心里也热乎乎的。也许,就是这一点点温暖,支撑着我一直走在正道上,并坚持了下来。

大爷和大娘,在我写这本书的时候,帮我回忆起很多关于父亲的细节。堂哥和堂嫂,逢年过节也总记得给我父亲烧纸,让他的坟头不至于被牛拱平。三大爷和三大娘,在我初到山西时帮我找工作。还有曹大娘,在情感上给了我很多支持,对小时候的我来说,那是难能可贵的关爱和疼惜。

还有我人生中的那些向导:上海的出租车司机李靖和香港理工大学的首席教授 M。你们就是我人生中的领航员,是我的指南针,你们帮助我、引导我,一直走在正确的道路上。

还有陪伴我将近十一年的章鱼哥,你在情感上给了我巨大的支持,也带给我无数的快乐,没有你,我的人生会完全不同。章鱼哥也在这本书的结构上给了我很多建议,比如骆驼、狮子、赤子的概念,它们正好契合了我三十年的人生轨迹。

最后,感谢《人物》杂志程静之的深度采访和报道,我们的对话也带给我很多启发。感谢我的每一个朋友,我无法一一说出你们的名字，但是你们知道我有多爱你们。我身边没有家人和父母，朋友对我来说就是最重要的、高于一切的，你们就是我的家人、我的后盾。

走到今天，我始终没觉得自己是有极大天赋或者极度聪明的人，那只是因为有很多很多的人帮助我、认可我。少了上面提到的任何一个人，我的人生可能都会是另外一番景象。现在，我自己爬上来了，也学会了给别人留梯子，我会最大限度地为身边的人、远方的人带来更多的快乐和积极的能量。

这本书中讲述的故事跨越了将近三十年，有一些事件的发生时间可能会有些许误差，因为年代久远，记忆或许会有些模糊。为了避免打扰书中所提及人物的生活，部分人名为化名。

时间线

未成年时期

2011	北京通州	自己推小推车摊煎饼和卖玉米
2009—2010	北京通州	电话销售，卖手机
2009	天津静海	父亲车祸去世
2009	北京通州	短暂被骗去做传销，大傻子
2009	北京通州	网吧收银员
2009	北京丰台	女工人，装暖气片儿
2008	北京丰台	电话销售
2007	山西太原餐厅	服务员，端盘子

成年后

时间	地点	职业/事件
2023	芬兰访学	
2021	香港读博	
2020	深圳创业	
2018	香港读研	
2017	深圳	某金融公司产品经理（同时考雅思准备申请香港硕士）
2016	深圳	某金融公司产品经理
2016	北京朝阳	某乙方计算机公司产品经理
2015	北京望京	某金融公司用户体验设计师
2013—2014	北京海淀	某进口代理商公司行政
2012	北京通州	建筑行业猎头顾问
2011—2012	北京快递公司	投诉顾问／客服

回看早期的照片,
时间好似在镜头切换中轻轻流过。
有的照片已经泛黄,
有的模糊不清,
但它们能让我穿行在过去的回忆里,
串联起 30 年中所经历的一切。
每一张照片都代表了生活的酸甜苦辣,
它们记录了一个平凡女孩的不平凡人生……

∧ 在父亲短暂而贫苦的一生中,这是仅存的几张照片之一

∧ 2006年,曾就读的打工子弟学校,第三排左二是我

∧ 2011年,在快递公司做客服

∧ 2019 年，香港理工大学校园，硕士毕业纪念

∧ 2021 年，博士刚入学时，在香港理工大学设计学院拍摄的形象照

∧ 2021 年，在香港徒步

∧ 2021年，在香港理工大学校园

∧ 2022 年，在香港维多利亚港

∧ 2023 年，在香港理工大学附近的红磡地铁站

∧ 2023 年，在芬兰阿尔托大学访学

∧ 2023 年，在芬兰南部城镇埃斯波的一个公园里采蘑菇

∧ 2023 年，和朋友一起在香港理工大学校园里

∧ 2023 年，芬兰，和同学在一起

∧ 2023 年，在芬兰首都赫尔辛基的海边

∨ 2024 年，在芬兰阿尔托大学

∧ 2023 年，在赫尔辛基跑半程马拉松

∧ 朋友画中的我

∧ 朋友画的我和章鱼哥

∧ 2023 年，回到河北老家看望大爷大娘，在大爷家的后院里

∧ 2021年7月，登顶四姑娘山风景区的大姑娘山（当地人称大峰）

∧ 2022 年，在西藏林芝，雅鲁藏布江附近

∧ 2022 年，在攀登那玛峰时看到的贡嘎山和蘑菇云

∧ 2022年,在林芝看南迦巴瓦峰